U0118028

Delmore Schwartz

夏天的知识

Summer Knowledge
Selected Poems

〔美〕德尔莫尔·施瓦茨   著

凌越 梁嘉莹   译

人民文学出版社
PEOPLE'S LITERATURE PUBLISHING HOUSE

图书在版编目（CIP）数据

夏天的知识 / (美) 德尔莫尔·施瓦茨著；凌越，梁嘉莹译 . —— 北京：
人民文学出版社，2024

（巴别塔诗典）

ISBN 978-7-02-018298-5

Ⅰ . ①夏… Ⅱ . ①德… ②凌… ③梁… Ⅲ . ①诗集 – 美国 –
现代 Ⅳ . ① I712.25

中国国家版本馆 CIP 数据核字 (2023) 第 196273 号

责任编辑　朱卫净　何炜宏　郭良忠
装帧设计　李苗苗

出版发行　人民文学出版社
社　　址　北京市朝内大街 166 号
邮政编码　100705

印　　制　凸版艺彩（东莞）印刷有限公司
经　　销　全国新华书店等

字　　数　80 千字
开　　本　889 毫米 × 1194 毫米　1/32
印　　张　8
插　　页　5
版　　次　2024 年 1 月北京第 1 版
印　　次　2024 年 1 月第 1 次印刷

书　　号　978-7-02-018298-5
定　　价　79.00 元

如有印装质量问题，请与本社图书销售中心调换。电话：01065233595

目录

辑二　重复的心

辑五　诗歌王国

辑六　骗人的当下，重生之年

辑七　重生合唱团

作者说明

　　该书前半部分的大部分诗歌自 1938 年首次出版以来都经过了修改。我还收录了几首当时写的但从未发表过的诗。该书后半部分包括过去五年所写诗歌的精选，此外，还有几首诗选自《献给一位公主的轻歌舞剧》，以及从《创世纪：第一卷》（1943 年出版的长诗）中选出的一首诗。因此，在非常真实的意义上，本书中的所有诗作都是精选诗歌。而且对我来说，就像对许多诗人一样，修改自己作品的诱惑往往是不可抗拒的，所以还有一种感觉，即这个选集中的所有诗歌都是新的：我并不总是收录各种修订版本，但我从本书书名——《夏天的知识》——所表示的观点进行检视和选择。

　　每一种观点、每一种知识、每一种经验都是有限和一知半解的；然而，就我所知，这本书在我看来是最具代表性的。如果这本诗集是单纯的作品集，而不是由新作和旧作精选组成的选集，我将会收录我在过去二十年中写过、出版过和修订过的大部分诗歌，但不是全部。

德尔莫尔·施瓦茨

1959 年 4 月

辑一　知识之梦

沙皇孩子们的歌谣

1

沙皇的孩子们
正与一个弹跳的球游戏

在五月的清晨，在沙皇的花园中，
来来回回地投掷。

它落在花坛中
或者飞逝于北大门。

一轮白天的月亮悬挂
在西方的空中，惨白。

像爸爸的脸，姐姐说，
用力把白球掷出去。

2

当我在吃一个烘土豆的时候
六千英里开外，

在布鲁克林，1916 年，
两岁，不明事理。

当富兰克林·罗斯福
还是一个箭领牌①广告的时候。

哦，尼古拉斯！哎呀！哎呀！
我爷爷在你的军队中咳嗽，

躲在一个散发臭味的酒桶里，
在布加勒斯特待了三天

然后离开前往美国
变成他自己的国王。

―――――――――

① 箭领牌，一种可拆卸衣领的衬衫牌子。

3

我是我父亲的父亲，
你是你孩子们的罪恶。

在历史的怜悯和恐惧中
那个孩子再次成为埃涅阿斯；

特洛伊在幼儿园中，
摇晃的木马在火焰中。

童工！孩子必须在他的背上
携带着他的孩子。

但眼见这么多事物已成过去
而历史对于那些个人

没有同情心，
那些喝茶的，那些感冒的，

让愤怒变得普遍：

我讨厌抽象的事物。

4

弟弟和姐姐拍着
那不间断地弹跳的球，

破碎的太阳落下
像宝剑落在他们的游戏之上，

在星星之间往东移动
朝着二月和十月的方向。

但是五月的风吹拂他们的脸颊
像母亲注视着睡眠，

如果一个瞬间他们为了
那个弹跳的球而打架

姐姐拧了一下弟弟
而弟弟踢了她的小腿，

好吧！被洞悉的人类的心：
那是一朵仙人掌的花。

5

在那个弹跳的球的地面上
是另一个弹跳的球。

那旋转、眩晕的世界
让人没法高兴。

在它的聚光灯的黑暗处旋转，
对于它们的手来说它太大了。

一个没有同情心、没有目标的东西，
武断的，未耗尽的，

不为玩耍，不为孩子们，
只是为了追逐它自己。

那无辜被取代了，
它们不是无辜的。

他们是他们父亲的父亲，
那过去是不可避免的。

6

现在，在关于这个悲剧行星的
另一个十月，

我看到我两岁时，
我在吃烘烤土豆。

这是我抹了黄油的世界，
但是，被我不熟练的手戳了一下，

它从高凳子上跌落
我开始咆哮

我看见球在下方滚动
在锁住的铁大门下滚动。

姐姐在尖叫，弟弟在咆哮。

那球已经避开了他们的意志。

一个弹起的球甚至
是不可控制的，

在花园围墙下面。
我被恐怖碾压

想着我父亲的父亲，
以及我自己的意愿。

在赤裸的床上，在柏拉图的洞穴里

在赤裸的床上，在柏拉图的洞穴里，

顶灯的反射慢慢掠过墙面，

木匠在有阴影的窗户下捶打，

风整夜撩动这些窗帘，

一队卡车吃力地往山上开，发出刺耳的声音，

像往常一样，他们的货物被覆盖着。

天花板被再次照亮，那倾斜的图案

慢慢向前掠过，

   倾听着送奶工哒哒的马蹄声，

他奋力上楼梯的声音，玻璃瓶叮当作响，

我起床，点燃一支烟，

走到窗户旁。那条石头路

用建筑物的耸立，值夜的街灯，

以及马儿耐心地展示着静止。

冬天的天空是纯净的，都城

驱使我带着疲惫的双眼回到床上。

陌生感在静止的空气中生长。松脱的

胶卷变成灰色。摇动的四轮马车，马蹄像瀑布般落下，

听起来遥远，逐渐响亮，更响更近了。

一辆车咳嗽了一声，发动着。清晨柔和地

融化了空气，从海底拎起

半掩着的椅子，点燃穿衣镜，

看清梳妆台和白墙。

那鸟试着叫唤，吹口哨，叫唤，

兴奋地吹口哨，确是如此！迷茫，仍然潮湿

带着睡眠，深情，饥饿寒冷。所以，所以，

哦，人之子，那懵懂的夜，那清晨

分娩的阵痛，开始的神秘，

一而再地，

当历史未被宽恕。

时光中的这个瞬间

某些迟疑不决的人强迫我。他们害怕

黑桃 A。他们害怕

爱情突然地奉献，从壁炉台转下来，

带着甜蜜的决心。他们不信任

湖边的烟花，首先嗞的一声，

然后那色彩点燃，升高。

试探，犹豫，怀疑，他们挥霍着

贪婪的恺撒在船首掉头时，

被锁在他的表演和职务的石头上。

当黄铜色的光束明亮地在水面上炸裂

他们在岸边人群中排成一条线站着

注意到在他之下的水面。他们了解它。他们的
双眼

被水缠绕着。

干扰我，逼迫我。这不是真的

那句"没有人开心",但那并不是

引导我的感觉。如果我们是

未完成(我们是,除非希望是一个糟糕的梦想),

你是确切的。你拽我的袖子

在我说话之前,带着一个影子的友谊,

然后我想起那样的我们

被午夜黑暗的云推移着。

那美妙的美国字眼，当然

那美妙的美国字眼，当然，
当我进入一个房间，触摸
那台灯底部，然后光绽放开来，带着那样的
确信，之前黑暗曾在那里隐现，

当我在乎那些我不知道的，在乎
去了解她可能未曾去过的，
了解有多小的可能她会看不到，
生命不可思议地与亲爱的人交流。

光在的那儿，每样事物都清晰，
与所有其他东西分离，就站在它的位置，
我饮下时间并触摸任何靠近的东西，

期待那天，当整个世界拥有那张脸：
为了保证每年送给她什么礼物？
在黑暗的意外中，思想是足够优雅的。

哦，爱情，黑暗动物

哦，爱情，黑暗动物，
和你的冷淡一起消失
像任何怪胎或小丑：
抚慰她内心的孩子气
因为她是孤独的
许多年以前
因为一瞥而受到惊吓
那不是她的本意。
对着她梳梳你厚重的
毛发，长久而缓慢地
盯着她像一本书，
她的兴趣是这样
没人能看到太多。
告诉她你是如何知道
那些不曾被给予的
什么都不能被取走；

由于你的时间被宽恕：
被地狱和天堂通知
你没有犯错

父与子

父亲：

在这些场合，那些感觉很惊讶，

像雨一般自然，然后他们强求

精准，使眼睛尴尬——

儿子：

父亲，你不是波洛尼厄斯，你是沉默寡言，

但确信，我已经能指出

那令轻率的嘴巴满足了的

虚情假意及尖细的假声，除了从没有知觉中

弹出来，拥有，并完全了解事物。

父亲：

你必须让我告诉你，你在害怕什么

当你在睡眠中醒来，仍然醉在睡眠中：

你害怕时间与它慢慢的嘀嗒声，

像融化的冰，像烟在空气上
在二月闪着光的明亮的日子。
你的愧疚不可名状，因为它的名字是时间。
因为它的名字是死亡。但你可以停止
时间如它从你滴落，一滴一滴地。

儿子：
但我曾认为时间充满了承诺，
即使现在，那正远离的情感——

父亲：
那正是它所有的威胁中首要的，
一个未来的诱惑是不同于今天的；
所有的我们总是转过身离去
前往电影院和亚洲。所有的我们去
往一个模糊的虚无。

儿子：
　　　　　必须这样吗？
我怀疑你给我的感觉，
犹如早产儿，不能独自给予，学习
当经验在冰冻的骨头上萎缩。

我现在会在突然的欢乐中冲动，

犹如我会永远活着，未来是我的玩具。

时间在二十一岁是一团舞蹈的火，

对着太阳歌唱，叫喊，畅饮，

在一辆汽车的轮子中充满力量，

不会想起死亡，那异国的遥远的死亡。

父亲：

如果时间从你的意志流出，成为一场盛宴

我怀疑你的热情是错的。

但每个年龄都背叛了那种软弱的成长。

每个瞬间都在死去。你努力尝试

从融化的时间和你消散的灵魂中

通过在一个温暖黑暗的洞里埋藏你的头颅去
逃离。

看着如此多先生逃遁，

逃离时间的愧疚，他们成为一体，

那是，群众中的那个数字，

听众中的那个匿名者，

地铁上的那个面无表情者，

在傍晚地铁上如此多的面孔中，

阅读日报的那个人，

从演员和表演中区别，公众意见的

一个成员，从不被卷入。

与一支上好雪茄的遐思融为一体，

在一场交响音乐会上逃回童年，

在药店购买睡眠，壮丽宏伟

在乐队演奏的音乐会上，夏威夷

在屏幕上，到处是可疑的辉煌，

一个人，当他哀伤时，有东西吃，

一杯奶油苏打冰激凌，一片烘烤三明治，

或者给他补牙，但总能从真实的疼痛中

撤退，梦想变成富有。

这就是一个人做的事，一个人变成什么

因为一个人害怕孤独，

每个人都有他自己的死亡，在孤独的房间里。

但那里有一个逗留处。你可以停止

时间犹如它从你身上滴落，一滴一滴地。

儿子：

现在我害怕了。在那里能知道什么？

父亲：

愧疚，对时间的愧疚，不可名状的愧疚。

牢牢地抓住你的恐惧。因此抓牢你自己，

你真实的意志。在精湛技艺中挺立，

保持你的时间，它令人恐惧的神秘。

面对你自己，不断回到

你曾是什么，你所拥有的历史。

你常常负债。不要忘记

梦想总是被推迟，它将不会被迅速获得

即时快感犹如喝酒，但夺取

建设的艰辛，忍受意义。

看见你脸上和你朋友脸上的瘊子，

在你朋友脸上而实际上在你自己的脸上。

那最可爱的女人流着汗，而动物们弄脏了

那个对于我们像天空一样的理想……

儿子：

由于那些原因，一些人笑了，而其他人哭了。

父亲：

不要扭过你的脸回望过去。

你不能离开，取另一个名字，

也不能带着谎言入睡。总是一样，

总是一样的自己，从睡眠的灰烬中

带着它的记忆回来，总是，总是，

那重生，带着八十万个记忆！

儿子：

我必须做的，什么是最难的？

父亲：

你必定会面对面遇见你的死亡，

你必定，像一出老戏剧中的某个人，

一次决定，为了一切，你心安放的地方。

爱情，力量，名声依赖于一个

在无形的夜晚及智慧的白昼中的绝对事物，

那搜索着的小提琴，那刺穿着的长笛。

绝对！维纳斯和恺撒在边界上消隐，

在第十五个故事的暗礁下悬吊着，

或在床上削弱着，当护士按着

她那令人作呕的药膏和她冰冷的绷带的时候。

当那新闻是真实的，超越恐惧，

你抚摸那伤口，那无价的，那最亲密的。

死亡的阴影在那儿，你理解了

无法简化的意愿，没有尽头的世界。

儿子：

我开始明白逃避的理由，

我不能分担你艰难的想象。

父亲：

开始明白那第一个决定。

哈姆雷特是一个例子；只有濒临死亡

他才捡起男子汉气概，那死亡的重负，

带着逃避完成，伴着叹气完成，

带着遐想完成。

你正当下决心死去

由于时间在你身上，不可避免

如阴影，不被音节所命名。

在那阴影中表演，仿佛死亡就在眼前：

那么你自己表演，然后你懂了。

儿子：

我父亲教我要庄重。

父亲：

对着镜子里的自己感到愧疚。

哈姆雷特的罪恶

港口上的汽笛轰鸣着，模糊，
被雾气笼罩，被遗忘，昨天，结局，
怀旧的，嘈杂又昏暗的悲伤，呼叫着
入睡？我想，还有童年，
不是打开的门，不是下降的楼梯，
那声音回答着，那选择宣告着，那
扳机在尖锐的公告中触碰着！

一旦它到来，逃路便很小；那门
嘎吱作响，恐惧的小虫子爬遍脉络，鬼祟的
逃亡者，回头看，看见镜子里
他的鬼魂，他那可耻的眼睛，他患病的嘴。

当你看着窗外的水彩画

当你从水彩窗户悠闲地看着
每一处都清晰可见，并不陡峭：
如此整洁地打印在一本真实的书中
犹如步行走到真实的结尾，在浩渺的
头顶上方收割那无垠的蓝，
生者的某个夜晚和死者的某一天。

我开了一整夜的车抵达
那只将阳光缝起来的苹果：
我简单的自我只不过是一次演讲
为了恳求那只伟大杯子的溢出，
那变暗的身体，那思想仍然如一条饰带：
其他一切不过是手段，和疾病一样复杂！

有人像从前那样剧烈地咳嗽

隔壁有人正剧烈地咳嗽，
突然兴奋地卡住他的喉咙：
谁是有病的那个人？
谁将敲那扇门，
询问怎么了，和蔼地关心，
害羞地收回那张敏感的脸
彼此尴尬，但双份的害羞是温柔的
——我们要管好我们忽视的事情，守住我们的
地方。

但这是上帝，那个再度感冒的人，
再次无助地徘徊在这个世界上，
现在他是肺结核，他是可怜的济慈
（请原谅，哦，父亲，未知的亲爱的这个字眼，
只有漫画是清晰的，只有诅咒被听见。）
渴望伊甸园，恐惧即将到来的战争。

过去，一个黄昏般的巨大阴影，

移动的街道，汽车在上面行驶，

大楼高耸，像坏掉的牙齿，

在每个侧面重复着必要性，

时代需要死亡而没有被拒绝，

犹如一个年轻人，他来到，又被再次绞死！

另一个被流放的人洗劫他内心纠结的关心，

（当烟雾在寂静中弯曲

从每一个坠落的角落）

怜悯与和平回来了，用沉重的双脚

踩踏坏掉的地板。

他们亚麻色的双手将会隐藏

在那场愚蠢的麻醉剂般令人疲惫的战争中。

疲惫和不快，你想到房子

疲惫和不快，你想到房子
被柔软的地毯覆盖，在十二月的傍晚感觉温暖，
当雪花从窗前飘落，
那橙色的火光跳跃。
　　　　　　一个年轻女孩唱着
那首格鲁克①的俄耳甫斯祈求死亡的歌；
她的长辈们看着他们，点头表示他们很快乐
在她羞怯的眼睛里看到时间的轮廓：
仆人们送来咖啡，孩子们去睡觉，
年纪大点的和年纪小点的打着呵欠去入睡，
那些煤块忽明忽暗，从红色变为灰白，
是时候振作起来了！破坏这个
在地下组织被指控的地方，在那
高耸挺拔大楼的

① 格鲁克，德国作曲家。

重要性被看见的地方，
在靠近地铁冲出的地方，听众中的
匿名者，穿着考究或简陋寒酸，
如此多的人围绕你，敲响你的宿命，
像机器一样陷入愤怒！

在微微的涟漪中，思想感觉到心

在微微的涟漪中，鱼儿像手指一样

飞驰，远离，像愿望一样

肆意。然后喜悦地升起

          犹如那目光穿过

清澈的水俯视。那颗小小的卵石，

那清晰的陶土底座，那白色的壳

是显眼的，虽然肤浅。

谁会对八月的下午要求更多？

谁会挖掘矿藏并跟随影子？

"我会，"厌倦了的心回答，"闲逛，站着，"

（下唇颤抖，脸煞白带着石头般冷酷的怒气）

"那些旧错误，僵直坐着的想法，

"那些感觉醉了，在夏天河流的旁边，

"在被人照料的草坪上，在车流下边，

"犹如时间会暂停，

         然后下午停留。

"不，夜晚很快来了，

"带着它寒冷的群山，带着荒凉，

除非爱建立在它的城市。"

担心那自信的人为的统一性

"垃圾，垃圾！"我的国王叔叔曾说，
"灵魂的烟和软弱犹如烟的上升。

"坐在太阳中且不在死亡之中，
"吃橙子吧！唾弃废话！那汽车留心着。

"所有的鬼魂回来。它们不喜欢它在这儿，
"没有柔滑的水也没有大棕熊，

"在上面没啤酒也没午睡。"
"叔叔，"我说，"我很孤独。什么是爱？"

这逼得他快疯了。现在他必须编织着
时间和自信，一小点一小点地。

你会讲法语吗?

恺撒,那放大的声音,宣布
罪状和赔偿。在理发店里
躺着的男人留心到,当理发师
心不在焉刮着那张抹着乳膏的赤裸的脸。
恺撒主张,恺撒承诺
尊严,正义,而太阳
明亮,猛烈地照耀在每个人身上,
加速到一百码横跨这个大陆:
恺撒宣告着意志。理发师坚定地
用一只稳定的手刮着胡子楂,
当所有人在理发椅中斜倚着的时候,
在超市白皙的脸庞中,完全明白
善与恶,谁是非犹太人,软弱和命令。

现在谁悄无声息地进来? 这人是谁?
害羞,苍白,格外心不在焉? 他是谁?

他仅仅是作家，三天没刮络腮胡子，

他的疲劳不明显。他没打领带。

而现在他听着他的敌人，颤抖着，

辩解着："听着！大多数人

都过着沉默而绝望的生活，

都是不可胜数的牺牲品。这一点

这个人很清楚。这个嗓音所说的

话语是梦和谎言。他做出选择，

他下定决心，他心怀夏末，

战争。听！他携带着死亡。"①

他站在那儿讲话而他们听到

外国人的愤怒与激动而感到好笑。

---

① 原文为法语。

由环境去喂养

那被分散了的注意力
在生者和死者之间由环境去喂养的
花朵，在盛大的太阳下盛放着，
那凝视，是一座高塔高耸着
日日夜夜，时时刻刻，
对所有人和任何人都感到不满，
对每一朵花都不满意
对所有做过或没有做的，
改变每一种特性
成为它自己并不为人知的本质；
所以，一旦在那药店里，
在所有的罂粟之中，油膏和药膏，
我突然看见，被隔离在那儿，
在所有的失望之外，
我自己的脸在镜子中。

一个年幼的孩子和他怀孕的母亲

在四年中《自然》①是顶尖的，
神秘的，并潜伏着。甚至

一个城市里的男孩知道这，倾听着那地底下
地下铁的谣言。在下水道孔盖之间，

他的便士掉落，他知道了所有的损失，
那无可挽回的宿命般的分币，

而现在这个最新的神秘事物，
面对着他的诚实和他那勤奋学习的眼睛——

他的母亲太肥胖，心不在焉，
一扫而过他的脸庞，不关心他，

---

① 《自然》，英国著名的学术杂志。

他的怒气，他的魅力，他的睡觉时间，还有热
牛奶，
很快夜晚将会更暗，那春天

太晚，奇怪的渴望，而时间太快，
这种疏离是一个渐进过程

（他的母亲曾经如此苗条，如此常常生病！
高大的父亲曾做了如此夸张的恶作剧！）

向慎重解释，包容恐惧，
另一种存在物的存在，变成珍贵的：

所有男人都是敌人：这样甚至兄弟们
能从他们的母亲那儿把彼此分开！

没有更好的例子比这个未出生的兄弟
更能教育他把他从母亲那儿流放，

测量着从天空到他的距离，
用两个元音字母说，

                   我是我。

婚前曲

"小小的灵魂，小小的调情，
　　小小任性的一个
　　　现在你要去哪儿？
小小苍白的一个，坚定的一个
　小小无裸露的一个……
　　再也无法逗我开心。"

现在我必须背叛自己。
那奴役和团结的盛宴更近了，
并没有人参与到那伟大的虔诚中
当每个人向另外的人鞠躬，下跪，并用
手拉着手，看了又看，关心又关心，
没人会戴着面具或穿着高深莫测的衣服，
因为脆弱足以致盲那受伤的脸。
从某种意义上讲，看见我骇人听闻的裸体。

五岁时我曾给一个女孩一个苹果，
并说，当我离开的时候你会遗憾吗？
渴望得到这样的礼遇，我的名字
像怒吼的火一样被喂养，仍然不知足。
但是不要害怕。
因为我忘记了自己。我真的忘了
在每个货真价实的美女面前，我将会
在你不被理解的心面前忘记自己。

我将忘记我母亲，在一个餐厅
做的演讲，在那儿抓获我的父亲
和他的姘头在晚餐。他咆哮着
击倒那个七岁大的孩子
带着对所有三个人的羞辱，带着对
那无助、慌张的侍者的怜悯，带着对
那些就餐者旁观的愤怒，急切，鄙视着
并对每一个人深感恶心。
我会记着这些。我母亲的言辞
让我的舌头着迷，但现在我知道了
爱的公式追求一个更纯粹和肯定的旋律。

因为这样我背叛了自己，

在第二只手传递出童年的恐惧

通过紧张，信手习得。

在十三岁时听到一个小女孩死去的时候，

我半死不活地走了三个礼拜，

不能明白，也仍不能

像成人般无视那死者的靠近，

或者小心翼翼忽略了他们自己的死亡。

——这种感觉会给所有时间垂挂的果实蒙上

阴影，

但是我们将会整夜地品尝它们，

忘记没有主显节前夜，没有六月的宴请，

但是在日光中了解我们的虚无。

让弗洛伊德和马克思做婚礼宾客，真的！

让他们在那儿标记出蒙住我们脸的面具，

因为所有的极度痛苦、软弱、困惑和失败，

没有任何形式比自我欺骗更残酷，没有人

展示出日复一日的一个长存的噩梦

并且不会像那些谎言般被识破

我们互相告诉对方因为我们富有或者贫穷。

虽然不能从普遍的愧疚中解脱

我们可以通过变得贫穷保持荣耀。

那些废物，那些魔鬼，那些让人恶心的事物

被打断。那些完美的星星坚持着

在愧疚的夜晚微弱的气息，

               而莫扎特展示着

必不可少的不朽的善

虽然他死了，却又死而复生。

希望，像一张脸反射在窗玻璃上，

遥远、朦胧，培养着传说或者梦想，

而在那梦里，我说着，我召唤所有

那些以某种方式成为我们朋友的人，我这样说：

"努力争取这些戴单片眼镜的珠宝商，

呼喊着，纯净的！真正的！最后的！

召唤孩子们吃冰激凌

去讲起那直接的冰冷的震颤。

去呼叫那个翻着

翻跟斗的狂喜的杂技演员。

努力争取那些自满的星星刺穿

那令人赞叹的无垠的蓝色。

"带来一个数学家，那儿有太多的东西要数，我持续不断地关注：

将无限地催促他多重的声音！

带来那个镇定的无可指摘的潜水者，

召唤那个溜冰者，轮廓清晰，

他知道境况的危险，

那运动和坚硬地面的风险。

召唤花商！烟草商！

所有那些已经知道一个行星般美丽的人：

为愚昧的歌曲召唤那只魅力四射的鸟儿。

"你，雅典娜，带着你疲惫的美丽，

你将会放弃我吗？因为你必须

穿有一件有白色猫头鹰的浴袍里到来

谁，当我行走时，我将牵在我的手里。

你也一样，克鲁索 ①，去说出那

寻找'星期五'的感情，不再孤独；

你也是，卓别林，路边石的缪斯，

希望的默剧演员，你懂的！"

---

① 克鲁索，即鲁滨孙·克鲁索，英国作家笛福长篇小说《鲁滨孙漂流记》
里的主人公。

但这太奇妙，又太可怜，

没一个人来，没有人会来，我们是孤独的，

而可能到来的是我自己的声音，

讲起它的期待，不管它的持续恐惧；

讲起它的希望，它的承诺和它的恐惧，

那声音沉醉在它自己和在恐惧中聚精会神，

极尽浮夸，傲慢吹嘘，

夸夸其谈，盼望着，也总是害怕：

"五十六或者一千年以来，

我会与你共同生活，做你的朋友，

你的身体和精神所承受的

我会像对我自己的身体那样去治疗和照顾。

但你很重，我身体的重量

壮实而沉重：当我背负着你

我背起你，时间像一个宿命

犹如靠近我的心，当我和你结婚的时候变黑暗。

"那承诺的声音很简单，而希望

喝醉了，放荡，很不情愿；

在时间的水银中，我们的欲望在那里摸索，

梦想被扭曲或被极度地满足，

在这种感觉里，倾听，倾听，然后吸引、靠近：
爱情永不疲倦，却充满恐惧。"

这生命是无尽的，我的双眼疲倦了，
因此，一次又一次，我触摸一把椅子，
或者走到那扇窗户，将我的脸庞
与它贴紧，希冀着实在的触摸感，
彩色的视野，或者旋转事物再获取一次的
现实的模样，那些
跑下楼梯然后驾驶汽车的人的把握。
然后让我们成为彼此的真实，让我们
确认另一半我，并且成为
另一半的听众，另一半的状态，
彼此诉说自己响亮的名声。

现在你将会害怕，当醒来的时候，
在熟悉的早晨之前，在我安静的身边
然后憔悴，被抛弃，当醒来的时候，
你在我的脸上看见狮子或者猎豹
或者看见半神半人的精灵沉重地呼吸着
他无知的感情，他想死的愿望，
因为我什么都不是，因为我自己的马戏团

一百万次地分裂它的爱。

我是爱上上帝的章鱼，

由于这样导致我的欲望无法结束，

直到我的思想在游泳浴缸中精神错乱为止，

散发着它自己的黑暗，捂着大海

——哦，上帝我完美的无知，

很快带来新年给我唯一的姐妹，

汲取我的长处和力量去保佑她的智力，

赐予她足够的世俗信任，

直到她在她困扰的睡眠中转向我为止，

看见我在我的期待中，从自我的错误中重获

自由。

年迈的浮士德

"童年的诗人和老手，看！
在我内部看到淫秽，因为你有爱，

因为你有仇恨，你，你必须被判决，
递送判决书，德尔莫尔·施瓦茨。

众所周知的愿望是战争，
恶毒的嘴在咀嚼藤蔓。

那耐心的螃蟹在衬衣底下
已经迷住了这些兴趣犹如地下时期的意味。

因为我曾在里面走过，见过每一片大海，
那飞行的鱼，那折翅的燃烧的鸟，

再次诞生，再次开始，我的野兽！

穿紫袍的人就像一出悲剧。

因为我已飞上云端并坠落，
解救维纳斯，讥笑她的呻吟。

我搭乘过那列带走懊悔的列车；
我扔下每一位像苏格拉底的国王。

我敲碎过每一颗坚果寻找肉；
那里有一条虫子，没有一片薄荷。

玄学派诗人也许告诉过我这件事，
但每个人为他自己而学，犹如在亲吻中。

我刺了波洛尼厄斯 ①，不是他
而是那个渴望尖塔和赞美诗的人。

他们救助儿童和极度贫穷的人；
我刺穿的是那个自负的首相，不是耶稣基督，

———————————

① 波洛尼厄斯，《哈姆雷特》里的一个角色。

我挑选波洛尼厄斯和莫比·迪克
自我膨胀为一只章鱼。

现在来吧，我最终去到令人疲惫不堪的西部；
我了解我的虚荣，我的虚无。

现在我无望地漂浮在绝望的死海中，
每个男人，我的敌人。

情不自禁，我有太多的东西要说，
而我说的话没人不明白：

　　如果我们能去爱另一个人，这很好。但正因
这样，我对整个世界感到遗憾，我自己保持距
离。我的心满是回忆和欲望，并在它最后的紧张
不安中，我被所拥有的存有怜悯之心所感动，但
我只恨自己，鄙视自己。"

詹姆斯和珀斯的鬼魂在哈佛庭院

纪念 D·W·普劳尔 ①

詹姆斯和珀斯的灵魂在哈佛庭院 ②

在星光璀璨的午夜，在小教堂的钟声之后

（圣公会教徒！遮掩！那钟声高飞！）

现在盯着我犹如他们向我祝好。

在醒过来的梦中在高高的树林中，

阴影中的酒吧和粗树枝，被我的影子跨越。

他们没有睡多久，他们知道一切，

知道时间的消耗和精神的代价。

"我们研究了光芒万丈的太阳，那星星纯净的

种子：

黑暗是无限的！盲人能看见

---

① D. W. 普劳尔，曾经是一名哈佛大学的哲学教授。

② 哈佛庭院，哈佛大学里的一个地方，是校园最古老的地方之一，有很多
绿草。

憎恶的需要和爱的庄重需要

既然穷人在大洋彼岸被杀害，

而你是无知的，那个听到钟声的你；

无知的，你在天堂和地狱之间行走。"

啊，城市，城市

活在术语之间，活在那死亡

在搭乘的地铁上有了他的喧闹画面的地方，

置身于六百万个灵魂中，他们的呼吸

一首空洞的歌，四面受到压制，

那里飞驰的小汽车的灾难

是刮过路缘的一股疾风，那里麻木、高耸的

办公大楼崛起君临，

使我们的痛苦减少，直到我们死去。

由此，如果曾经，现实将从何而来

一个声音说出心灵的认知，

阳光照在绿色的窗帘上，

清晰地表达深情的流动的自己

安逸，温暖，明亮，完全地展示着，

当一切在白色的床上铺好。

什么将被给予

什么将被给予，
是灵魂，还是动物，
被涂上颜色，像天堂，
蓝色，黄色，美丽。

血液中黑白格子般交织着
许多污渍和愿望，
在它和天空之间
你无法为富人选择。

你让我知道现在要小心
不要付出太多
对于一个如此害羞和恐惧的人
触碰就像一杆枪。

致把人生放在他手中的人

老虎基督 ① 拔出他的剑，

扔掉，变成一只羔羊。

斯威夫特朝那些人类种族吐口水，但是

却把两个女人放在心上。

参孙 ② 那个曾强壮如死神的人

以付出他力量的代价去亲吻一个荡妇。

奥赛罗那个坚强的武士

因为一个女人，心被击破。

特洛伊因为海上霸权陷入火海，也因为

那个有魅力的淫妇。

所有例证说明什么？

什么是那终结的谋杀者必须知道的？

————————

① 老虎基督，可能出自艾略特的诗歌《小老头》。
② 参孙，《圣经》中的大力士。

你不能坐在刺刀之上，
也不能在死者中进食。
当所有人都被杀掉，你形单影只，
真空到来，那里的憎恨被喂饱。
谋杀的果实是安静的石头，
枪支增加了贫穷。
携带那些例证闪耀着的东西？
士兵转身投入女孩和烈酒。
爱情是每一件好事的鉴别，
那仅存的温暖，仅存的安详。

"我说了什么？"苏格拉底问。
"确定无疑的狂热，叫喊出是和不，
带走一切，否定自己，
赞颂爱抚，赞美挫折，
士兵和爱人精神错乱了
直到他们交换了动作。
——所有例证说明什么？
任何演员能知道什么？
那在每场表演中的矛盾，
那人类心灵无限的任务。"

致不把他的人生放在手中的人

运动员，演奏家，
为了快乐训练着，
弯着手臂和膝盖，探索着
身体的剧烈疼痛，
因为疼痛是愉悦的代价，
拒绝是途径
到数百万人面前
或带着长笛的个人面前演讲。

那个狂热、伟大的阿喀琉斯，
沉重地带着他们的命运，
连续猛击降下的门，袭击
大门上的小孩子们。
被爱驱使来到这里，
如同八字脚的黑格尔说的，
去用一把剑找寻他们的和平，

那样孩子们可能从骚乱中
被带走并被喂饱。

女士们，先生们，
那好奇的苏格拉底说着，
我已经问过，这生命是什么
除了圣婴孩殉道日 ① 的盛宴。
如亚伯拉罕认为的，
一个带刀的工作
用于动物，女佣和石头
直到我们砍下所有
除了我们的心灵孤独地被剩下：
通过憎恨我们捍卫我们的爱
和认出与它的区别。

---

① 圣婴孩殉道日，12 月 28 日。

圣徒，革命者

圣徒，革命者，
上帝和智者非常了解，
那里有一个地方
那里经常鸣响的钟，
那被钟爱的身体，
还有它敏感细腻的脸庞
必须被牺牲。

那里有，看起来，在这个
有点无意义的地方，
没有支撑地悬挂着
太宝贵而仍未去触摸，
那生命将要找寻它的终点
那里没有愿望会失落，
面朝一杆枪去看见
长长的现实。

这是什么，那是
虚无的好处，
苏格拉底的死亡
还有那个在十字架上的陌生人
找出所有损失？
因为人们爱生命直到
它羞辱了脸面和意志。

不是在地狱，也不是在天堂
那答案被给予，
都是一个仆人的回报：
但是他们渴望知道
那意志能走多远，
免得他们无休止地表演，
以及他们的欲望
被遮蔽，被嘲弄。

坎布里奇，1937 年春

最终那空气的芬芳，鸟儿咕咕声的低语

收束在那未知的不安的树中：

哦，小查尔斯，在佐治亚州的那些大学

和新英格兰米尔顿小镇旁，最终风儿柔和，

天空不再移动，而工厂窗户

死气沉沉的景象，终于

从风吹来的灰蒙蒙的潮湿中分离出来：

                因为现在阳光

抽打着砖墙和檐槽上潮湿的清漆，

白色的光的碎片使上午和门阶条痕相隔，

冬天经过犹如在午夜移动的

亮灯的有轨电车，过去的一个场景，

古怪且不真实，古板，生硬，戴着兜风帽。

如今苏格拉底的鬼魂必定萦绕着我

如今苏格拉底的鬼魂必定萦绕着我，

声名狼藉的死亡已经带他离去，

他以一个笨拙的鞠躬来到我这儿，

用他荒凉的声音说着，

我不知道，我不知道，

那欲望机械的冲动

都是我有意识的选择，

那只被关在电灯光中的蝴蝶

是我在这个世界的伟大晚上仅有的白昼，

爱不是爱，它是一个孩子

吮吸着他的大拇指，咬着他的嘴唇，

除了攥着它的所有，那里可能有更多！

从没有顶盖的天空到没有底部的地板

带着那沉重的脑袋和指尖：

一切都不是瞎眼的，淫秽的，贫穷的。

苏格拉底静止不动地站在我的旁边，

教导希望进入我闪烁的意志，

指向天空那不可阻挡的蓝

——古老的本体，成为现实，成为现实！

第五年的芭蕾舞团

海鸥睡觉或者它们真正地飞翔

是在一个飞行路线不同的地方。虽然我

估摸那钓鱼的海湾（在那里我看见它们俯冲，
转弯

或者纯粹地滑翔）是一个削弱意志勇气

的地方，然后合上我的双眼，如它们不该的那样

（它们应该像街灯般整夜安静地燃烧，

如此无论什么东西出现都将被我知悉），

尽管如此，海鸥和那些关于它们睡在哪里的

想象，以明确的形象及色彩

诞生出来，从它们慢慢摆弄

翅膀开始，然后突然地往返拍击

起来，升高，沿着阿拉贝斯克①下降，

是一种老派的演出行为，当我滑行的时候

———————————

① 阿拉贝斯克，一种芭蕾舞姿。

我美妙的意识，害怕警察，五岁大，

在冬天的日落中，感到哀伤和寒冷，

几乎不能去想，但已足够大去了解

这样的优雅，如此的自我包容，知道那曾是最佳

的逃离方式。

辑二　重复的心

我们所有人总是转过身去寻求安慰

我们所有人总是转过身去寻求安慰

从那个自己必须诚实的孤独房间，
我们所有人都从孤独中转出来（在最好的
无聊中）因为我们最想要的是变得
有趣，
　　打台球，在桌子上
捅到一只球，打棒球，击打到一只球
在棒球内场上，玩美式足球，踢到一只球
在橄榄球场上，
　　　　七万人鼓掌。

这很有趣，这真是我们的安慰：
跟随那只弹起的球！哦，老兄，老兄，
看什么清清楚楚在这儿，一样东西重复着，
跳跃着，闪避着，被抓到和未被抓到，跌撞着

——跟随那只弹跳的球；并且你这样跟随着，
用手指靠近你左侧的胸膛，

你从中寻求安慰的那只跳动的球。

也许你会愿意成为

"正如风一样，来时无声"①

也许你会愿意成为

由于那一小会儿是静止的

（甜蜜的风的怜悯）由于那一小会儿

我的思绪在继续，而未解脱的风

触摸着你花束中单独的一朵，这唯一的一朵，

也许你会愿意成为

我众多的分枝，小小的最亲爱的树吗？

我的思绪在继续，而未解脱的风

——那风，它是狂野和浮躁的，疲惫和熟睡的，

那疲倦的风，狂野的，仍然继续着，

那寒冷的风，温暖的，潮湿的，柔软的，在每一

_____

① 原文为意大利语。

种影响中，

　　对于巴黎，克里特岛和珀耳伽摩斯的欲望

　　突然离开前往巴黎和芝加哥，

　　犹地亚，三藩市，地中海

　　——我有可能回来找你吗

　　潮湿地带着雅典的尘埃和挪威的寒冷

　　我亲爱的，如此多分枝的最小的树？

　　也许你会愿意成为

　　那冬天的刑具和十字架，冬天狂野的

　　刀锋，继续着，未解脱的，

　　专注并剥离着，冰冷的抚摸的风吗？

　　我亲爱的，最亲爱的，如此多分枝的树

　　我的思绪继续着，未解脱的风

　　触摸着你花束中单独的一朵，信任我

　　宽广如同天空！——接受着如同空气！

　　——愿意，愿意，愿意去成为

　　我众多分枝，小小的最亲爱的树。

所有小丑都戴上面具

所有小丑都戴上面具，所有角色

从选择中产生；悲伤与欢快，智慧，

情绪无常和幽默滑稽出自：选择脸孔，

但尚未如此！因为一切都是境况，

给予，像一种趋势

给予寒冷或者像金黄色的头发及财富，

或者战争与和平或数学天赋，

从天空坠落，从地面升起，及时

黏住我们，围绕我们：苏格拉底注定会死。

天赋与选择！所有人都戴上面具，

而我们是小丑，那些想着去选择我们的面孔

并且在不利境况的时候我们被教育

然后我们有寒冷，金色的头发和数学，

因为我们拥有干扰我们选择的天赋，

我们所有的选择都握紧在捉迷藏游戏中：

"我的妻子很不同，结婚以后，"

"我从事法律工作，但植物学是我的兴趣，"

收藏邮票或照片，

除了收藏你的心灵！只有过去是注定不朽的。

决定去旅行，阅读旅游书籍，

快点去！甚至苏格拉底也终有一死。

提到快乐的名字：它是

亚特兰蒂斯 ①，极北之地，或者那聚光灯，

华夏 ② 或天堂。除了快点去

并记住：那里有不利的境况，

还有他，那个选择给出选择的人，

他，那个选择忽视选择的人

——选择爱，因为爱充满了孩子，

充满选择，孩子们选择

植物学，数学，法律和爱情，

这么多的选择！这么多的孩子！

而过去是注定不死的，未来是取之不尽的！

---

① 亚特兰蒂斯，传说中大西洋中一块淹没的神秘陆地。
② 华夏，古诗中的中国名称。

平静地，我们步行穿过这个四月的日子

平静地，我们步行穿过这个四月的日子，

大都会的诗歌到处都是，

在公园中坐着贫民和食利者，

那些尖叫的孩子，那汽车

逃离我们，飞驰而去，

在工人和百万富翁之间

数字提供了所有的距离，

现在是一九三七年，

许多亲爱的人被带走，

你和我将变成什么

（这是我们在那学习的学校……）

除了照片和回忆？

（……时间是火，在那里我们燃烧。）

（这是我们在那儿学习的学校……）

在这场大火中自我是什么？

曾经我是什么，现在我是什么，

我将再次忍受和行动，

我在高中时写下的神论

修复从婴儿期开始的所有生命，

孩子们的叫喊声是明快的，当他们奔跑的时候

（这是我们在那儿学习的学校……）

完全陶醉在他们过去的游戏中！

（……时间是火，在那里他们燃烧。）

酷爱它的猛烈，那旋转着的大火！

我父亲和埃莱诺 ① 在哪里？

不是他们现在在哪里，死去的七年，

而是那时他们曾是什么？

                    不再？ 不再？

从 1914 年到眼下的日子，

伯特·斯皮拉 ② 和罗达 ③ 毁灭着，毁灭着

不是他们现在在哪儿（他们现在在哪儿？）

而是那时他们是什么，两人都很美丽；

时刻爆裂在燃烧的房间里，

伟大的地球在太阳的火中打转，

―――――――――

①②③　埃莱诺、伯特·斯皮拉、罗达，都是施瓦茨学生时代的朋友。

把琐碎和独特的事情抛在脑后。

（万物都在闪光！一切都在闪耀！）

那时的我曾是什么，现在我是什么？

我的记忆一再修复

那最平凡日子的最稀薄的颜色：

时间是我们在其中学习的学校，

时间是我们在其中燃烧的大火。

狗是莎士比亚式的，孩子们是陌生人

狗是莎士比亚式的，孩子们是陌生人。

让弗洛伊德和华兹华斯谈论那孩子，

天使和柏拉图主义者会评判那狗，

那奔跑的狗，那屏息的膨胀的鼻孔，

然后吠叫和号叫；那个掐他姐妹的男孩，

那个唱《第十二夜》这首歌的小女孩，

好像她了解那风和雨，

那条呻吟的狗，聆听音乐会上的小提琴演奏。

——哦，当我看见狗或者孩子们我感到悲伤！

因为他们是陌生人，他们是莎士比亚式的。

告诉我们，弗洛伊德，会不会是可爱的孩子

仅仅拥有自然功能的丑陋梦想？

还有你，华兹华斯，也是真实的孩子

被荣耀的云影所环绕，在黑暗的本质中学会了？

谦卑的狗沿着地板寻找，

那个相信梦想，害怕黑暗的孩子，

比你或多或少知道：他们完全知道

梦想和童年都不能很好地回答问题：

你们也是陌生人，孩子们是莎士比亚式的。

关于孩子，关于动物，

欢迎陌生人，除了学习日常事务，

知道天堂和地狱环绕我们，

除了这个，在我们抱歉之前我们说过，

我们生活在我们看不见的脸庞后面，

既不是梦想，也不是童年，也不是

神话故事，也不是风景，最终，也不是结束，

因为我们没有完成，知道没有未来，

我们咆哮着或者舞蹈着离开我们的灵魂

在幕布前击打的音节中：

我们是莎士比亚式的，我们是陌生人。

其他人有怀着恶意嘲弄地谈起我吗？

犹如水中面孔映照面孔，人的心思也如此映照
其人。

他们有在我背后造谣吗？他们有说起
我的笨拙吗？他们有嘲笑我吗？
效仿我的姿势，散布我的羞涩？
我会掉转过来，谴责他们，说
他们是无耻的，他们是背信弃义的，
不再是我的朋友，我将再一次否认
永不，在街上一千次的相遇中，
认出他们的面孔，拉着他们的手，
不是为了我们共同的爱或者旧时光的缘故：
他们在我背后造谣，他们模仿我。

我知道原因，我也这样做过，
为了机智风趣，在我亲爱的朋友背后，

残酷地出卖他私密的爱为消遣

去逗趣背叛了他的私密的爱，

他的紧张不安的害羞，她的习惯，还有他们的

弱点，

我曾一直模仿他们，我曾经背信弃义，

为了机智风趣的原因，去逗趣，因为一度他们被

认为

太粗俗，更加优越，

用这个来讨好那些听众，那些亲密的人，

背叛那些亲密的人，但是对于那些亲密的人，

去解放我自己对于友谊的必要性，

不时害怕他们会听到，

谴责我，排斥我，说着只此一次地

他们将再也不会见我，牵我的双手，

说着旧时光的缘由和我们共同的爱。

这是一件多么闻所未闻的事情，总之，

去爱另一个人并公平地被爱！

多么悲伤多么快乐！这是多么残酷

骄傲和风趣扭曲着人们的心，

多么徒劳，多么悲伤，多么残酷，多么困窘，

因为这是真实而悲伤的，我需要他们

他们需要我。我们可以做什么？我们需要
彼此的笨拙，彼此的风趣，
彼此的陪伴和我们所拥有的骄傲。我需要
我未被驯服的脸，我需要我的风趣，我不能
转身离开，我们知道我们的笨拙，
我们的弱点，我们的必要性，我们不能
忘记我们的骄傲，我们的脸庞，我们共同的爱。

对于自己的心我仅仅是个奴隶

对于自己的心我仅仅是个奴隶

追随着谦逊如同它随着汽车滑行

当它不太愉悦的时候，体贴地过来，

在悲伤的严重感冒中过于虚弱，

喝些咖啡，点燃一支烟

想起夏日的海滩，蔚蓝而放荡。

亚伯拉罕和俄耳甫斯，现在和我在一起

亚伯拉罕和俄耳甫斯，现在和我在一起
你看见爱人抽象的脸，那软弱的高跷，
你看见你知道，知道怎样靠近"不再存在"
(犹如一个知道细察神秘空气的人)，
怎样在空无中保持镇定，给空气施压，
那触摸，如同物质，那关心的物质：
环绕着我，包围着我，像空气一样和我在一起，
亚伯拉罕和俄耳甫斯，现在和我在一起

爱情里爱得筋疲力尽，时间周而复始，
时间在它白痴般的失败中盘旋，
而那盘旋的坠落，无尽地坠落，
无尽地坠落，没有音乐去塑造那做过的
空气，将能修复最后的关怀，
因为爱情令它自己筋疲力尽，而时间重返，
我在车流中战栗，高楼耸立，

意愿坠落，夜晚将会坠落，那电灯"啪"地打开

在地板上蔓延它的黄色精灵。

而你也知道那些，知道并且知道"不再存在"

那爱情令它自己筋疲力尽并坠落，而时间重返。

亚伯拉罕和俄耳甫斯，现在和我在一起

不再是大舞台，不是阳台，

也不是那庄重的窗户给我很酷的视野：

爱吸卷我到下面移动的大街上，

我明白在乎的代价，转而保留，

我是一个代价，转而保留，我在乎，

但是时间，那循环着驱散所有在乎的时间，

正如你也知道，那个举起刀的人，

还有你，在正餐最后一道菜中出现的音乐人，

所有淹溺在阴影中的爱总是忍耐，

就像每一个固体都必须在光线中投下影子：

我要求你学会出现，我在乎并恐惧，

亚伯拉罕和俄耳甫斯，靠近，靠近。

那只随我一起走的笨熊

身体的见证

——怀特海

那只随我一起走的笨熊，

一层层蜂蜜涂抹在他的脸上，

笨手笨脚又缓慢沉重地到处移动，

每个地方的中心，

那饥饿击打一个粗野的人

喜欢糖果，愤怒和睡眠，

疯狂的勤杂工，凌乱的一切，

攀爬着大楼，踢足球，

在憎恨驾驭的城市拳击他的兄弟。

在我的身边呼吸着，那笨重的动物，

那只与我一起睡的笨熊，

为了一个甜言蜜语的世界，他在睡梦中号叫，

甜蜜的感觉就像水的紧抱，

因为系紧的绳子在睡梦中号叫
哆嗦着展示那在下方的黑暗。
——那趾高气扬的炫耀卖弄是惊恐的，
穿着他的礼服，鼓起他的裤子，
哆嗦着想起他抖动的肉
必定龇牙咧嘴最后什么都不是。

那不可逃避的动物与我一起走，
自从那黑色的子宫打开，他就一直跟着我，
我到哪里他到哪里，扭曲着我的姿势，
夸张的模仿，肿胀的影子，
精神动机的一个愚蠢小丑，
纠缠着并公开对抗着他自己的黑暗，
肚腩和骨头的秘密人生，
不透明的，太靠近，我的私密，仍然未知，
拉扯着去与那亲密的人拥抱
那个我行走而他不会不在附近的人，
投入地触摸她，虽然一个词语
会裸露我的心并令我清晰，
跌跌撞撞，挣扎着，努力去投食
把我和他一起拖进他的嘴里，
在一亿种他的种类里，
食欲到处混战。

一只叫伊果的狗，雪花般的吻

一只叫伊果的狗，雪花般的吻
乱跳，跑动，在十二月和我一起到来，
用鼻子吸寒冷的空气，变化着，蹒跚着，
那就是我朝着七点钟方向散步的地方，
对一些隐藏或公开的利益嗤之以鼻，
盘旋，下降，直直地站着，专心地
寻找它们的平静，那陌生人，不认识的，
和我一起，靠近我，亲吻我，触摸我的伤口，
我单纯的脸，沉迷和快乐的束缚。

"不自由，没有自主权，你带来的摇滚，"
伊果用他沙哑又粗糙的声音这样说，
当雪花亲吻我而感到满意的时刻，
从一些地方半信半疑地坠落，
"你将不会自由，也永不会孤独，"
伊果这样说，"我就是王国，

王朝的骨架：你将不会自由，

去吧，选择，奔跑，你将不会孤独。"

"来，来，来，"那旋转的雪花唱着，

躲避那只朝它们小声吠叫的狗，

"来！"那雪花唱着，"来这里！这里！"

在人行道上多么快地，融化，完成，

一片雪花亲吻我，两片亲吻我！那么多的逝去！

当伊果朝它们吠叫，忍受它们的触摸，

跑向这边！跑向那边！当它们飘落到地面，

引领他越来越远去，

当夜晚沦陷在这坠落之中，

剩下我无法求助，远离我的家，

剩下我无法求助，远离我的家。

时间的奉献

我的心跳动着，我的血奔流着，

那光辉满溢着，

我的思想移动着，那地板转动着，

我的双眼闪烁着，那空气流动着。

时钟快速地嘀嗒响，

时间流逝，时间消亡，

时间永远毁灭着！

永别时间！永别时间！

与我同在：不要离开，

但不要像个不会走动的死人，

不要像公园里的塑像，

不要像预见海浪的岩石，

除了退出那场舞蹈，从流动的

愿望和结果，姿势和声音中，

明天愤怒渴望并坠落的舞蹈，

退出那场流动你的血和美

的舞蹈：和我一起静止不动。

我们不能静止不动，时间在消亡，

我们在消亡：永别时间！

那么留下，留下！现在等着我，

小心翼翼地，连同关心和慎重，

小心翼翼地

停留。

当我们步调一致，一起奔跑，

我们的步速相同，我们的动作成为一个整体，

然后我们将会变好，以相同的步速并行，

一起跑下那碎石路，

一起走，

在我们变老之前控制我们的步子，

在后退的道路上一起走，

像卓别林和他的孤儿妹妹，

一起穿越时空，走向所有美好。

辑三　夏天的知识

在庄严的音乐会上

让音乐家开始，
让每一件乐器醒来，命令我们
在爱的意志之河和爱的可爱秩序中：
我们等着，安静地，在允许和坚忍的
忏悔中，等待那宁静的欣喜
那赎罪的解放和总结。

现在让首席音乐家说：
"欲望和竞争已长居于我们之间
像残暴的君主：业已战胜我们：
占据我们的心灵：吞噬并强暴着
——用野蛮的贪念和火一般的贪婪——
怜悯和同情的本质。"

现在让所有的演奏者演奏：
"那早晨的河流，那河流的早晨

从臣服的温柔光辉中流出。"

现在让首席音乐家说：
"没有什么比夏天更重要。"

现在整个合唱团吟唱：
"那颗心多久会感到惊讶，
观望着月桂，
想起了死者，
还有那被完全施以的魔法，
冰雪的王国，睡眠的领地。"

然后首席音乐家将宣布：
"重生是水果的意义，
直到梦想是学问而学问是梦想。"

然后，再一次，整个合唱团高歌，在整齐的激
情中，
歌唱着，庆祝爱和爱的胜利，
递增或递减着赞许的高度，欢欣鼓舞地攀爬并吟
唱着：
在早晨之前，你曾是：

在雪花闪耀前，

光在歌唱，而那石头，

忍受着，驾驭饱满或忍受空虚，

你曾是，你曾是孤独的。

阴暗的夏天，不详的黄昏，轰隆的雨

1

　　一场碎布条般的雨，紧接着是

统治一切的倾泻而下的倾盆大雨，

在西方聚集着，灰色且渐趋黯淡的

拍电影用的长袍，还有，在那鬃毛中

光的荣耀和白日的辉煌，金灿又无用，

耀眼，越来越耀眼，猩红色，清晰和愈加明亮，

然后一阵噼里啪啦，一阵絮絮叨叨，一阵爆裂般

的雨来临了！

　　很快，音乐响起，喧闹起来：

温柔的雨滴轻吻那些孤独的房子，

一种灰色的憔悴与抑郁的温柔舔舐着时光的玻璃。

2

又一次，一只园丁鸟在特别的寂静中发出叽叽叫
声之后，

朦胧的云雾笼罩着窗玻璃

聚集了黑暗和阴霾，那光的故事和

光的荣耀的鬃毛投降，结束了

——一颗卵石——一枚戒指——窗玻璃上的一声
振响，

吹袭而来，吹袭进入：蓝色又寒冷的潮汐

那壮阔的蓝色海湾的情绪，灰色的页岩

在临近大陆壮阔的海洋上降临，这日子的身体

——几乎不是怒吼的寂静中的一个原子

允许那声音形成呼吁——去呼叫：

通过点燃的光，我们以为我们看见了秋天的古
铜色。

满足

"这是一个梦吗？"我问。向我的伙伴
他用沙哑的嗓音和无趣的固执回答：
"梦想，这是一个梦吗？这意味着什么
这有什么区别？如果这仅仅是一个梦
这是一个我们的梦想。梦或者现实
最后的胜地，这是我们思想的现实：
由于这是我们的意识被我们谴责。"

我们在哪里，如果我们曾在那儿，宁静又灿烂
每个人都在唱歌并与闪烁的河流一起流动，
在一个合唱团中聚集，许多人与一个人，犹如在
篝火火焰的尖顶，
飘荡且完美，永远茂盛并满足着，
上升着，下降着，犹如那节日和胜利的旋转木马
和宫殿。

"我经常被告知要知足，"我的伙伴说——

"你也被告知——而你也很少相信——

'当心你所有的欲望。你被欺骗了。

（犹如他们被欺骗和欺诈，迫切的和流逝的！）

它们将被完全地满足。你将死去。

他们将心满意足。而你将死去！'"

在一种固定的魔力中，惊讶不已，我们凝视着，

在满足中惊叹着，如此长久地渴望、赞叹。

那儿，成就仿佛舞蹈着它自己的愉悦。

那儿，一切纯粹地存在于欢乐的动作中——

像光，像所有种类的光，在庆典的主宰中

    一切都只是作为欢乐的结构而存在！

    然后，当我们凝视旅馆，一种比群山更使人疲惫
的情感，

    然后，当最终我们知道我们去过哪儿，

    就在那时，我们看到丢失的东西，因为我们知道
我们去了哪里

    （或者知道我们到过哪儿，当我们看见所有那些
失去的！）

    第一次我们了解了我们以前曾有过

但不再有的富裕和贫穷,

那奋斗,那煎熬,那亲密的黑暗的戴着兜帽的

死亡

我们曾经历过却从不了解,我们曾反抗,厌恶,

害怕并否认的死亡,岩石,花朵,面孔

给了我们现实的需要和希望!

第二世界的第一个早晨

1

突然地。

突然地和确定地，当我在别处注视的时候，被锁上

在那个猎人被追猎的守夜中，

犹如那思想在探索着它自己，驯鹰者、隼和鹰，胜利者和受害者，

当心那干涸的河床，那小死神的干旱，

突然势不可挡

岁月唤醒自然最深邃的秘密海面下那该死的水域：

那个我以前到过，紧张并疲倦的地方，曾是一片冬季树林的边缘，

灵魂之枪在我呆滞、眯缝的凝视中隐隐作痛，

有点震颤，瞄准那没有道路的树林，还有密布白雪的冰白色的天空，

听不到鸟儿从灌木丛中跳出来，扑打翅膀，

突然间，瀑布倾泻而下，发出嘶嘶的声音，

突然又确定，为了瞬间的永恒，这是

  白色魔法般的暴风雪

  所拥有的狂喜和沉静，那白色上帝落入凡

间，联合，

  完全的洁白

那关于宽恕，开始和希望的颜色。

然后迅速地肯定，这是夏天的河流，蓝得犹如在

我们之上无尽地弯曲拱起的蓝色，

  锚泊的小船儿慵懒地倚靠着或交叠着，还有一艘

游艇慢慢地滑行。

  这是完完全全的假日，绝对的假日，一个丝绸般

和萨拉邦德舞般的日子，温暖，纵情

  蓝色和白色充满活力，犹如三角节日彩旗飘扬在

我们的体育场上空，

  白色，一种牛奶般的洁白，所有颜色闪耀着，融

化着或流动着：

  还有希望，还有那些希望，还有往昔岁月，

  那些人，我曾认识的，忘却的，模糊记得的，或

者太频繁想起的：

有些在小划艇中晒着太阳，犹如在野餐，或者
等，犹如在一出戏之前，那场永恒的野餐和那出戏，
犹如夏天，午睡和峰顶

——我怎么会了解那些岁月和希望是被人类厌恶
或热爱着，

或者了解我知道的比我以为的要少？

（所以我质问我自己，用一个熟悉又陌生的
声音。）

他们曾在那里，所有的他们，我曾和他们在
一起，

他们曾和我一起，他们曾是我，我曾是他们，永
远团结

当我们所有人一起向前移动在一种一致的寂静
中，移动着

坐着，凝视着，

永远地在这条美丽的河流之上。

2

因此我们像孩子们在油漆的木马上，升起和降
落，于嘉年华的旋转木马上

唱着笑着，偶尔，当一支小曲调的歌词在我们头

顶清脆响起

　　说着："那任务是循环的，那循环是一个任务，
那任务和那循环是一支舞蹈，并且

　　除了畅饮爱和知识，畅饮爱和知识，别无所求。

　　当之后和之前都不再有，也不再有面具或脱去
假面，

　　　　但只晒太阳

　　（犹如那闪耀着的海洋在闪耀的太阳下晒着

　　在一道宝剑和水晶吊灯的光芒中舞蹈着）

　　在知识最终的爱里，首先，当思想的退隐加速思
想的精粹，

　　在最后知识之爱中。"

　　当我的双唇分开的时候，我几乎不知道。开始缓
慢地蠕动

　　犹如朦胧的纪念赞美诗的预演中

　　　　祈祷，或默念

　　　　内心的感激和认可。

　　我的嘴唇颤抖，支吾着，在思想的深处和死亡中

　　一朵呢喃的玫瑰像夏日隐藏的哼唱，当六月睡着
的时候

　　在温暖光线和绿色护佑迷人的光芒中。

摸索着，感觉着那些我长久以来以为已经抓住，

却认为毫无价值而丢弃了的东西，

愉悦的火花或闪光，琐碎又短暂。

——语句像出现的面孔，清晰而生动，分离，统
一，真诚如痛苦

伴随长久失去了意义和情感的统一，不相信或
否认

当我搜寻这些词语的时候，我知道了一种直率的
翻译。

所以接着我用一种亲密而不甚明了的语言说：

"我不知道……我知道……确实我曾知道……

我必定已知道……

确实地有时候猜测或怀疑，

知道又不知道爱是什么，

愉悦之尺度，欢乐之心，光和光之心

是什么成就了所有的愉悦，欢乐和爱

当光独自赋予所有颜色的时候，那光的珍贵的
尺度

在统一和差异中，统一又区分那束缚和自由

哪一个是爱……爱？是爱？……什么是爱？"

突然地确定地，我看见多么确切地，愉悦之尺度
和珍贵是作为存在而存在，归属感

在合唱声音的体验中被体现，被触动。

相像而不相同是成熟的，

成熟是相像而不相同的，

存在就是去爱，

爱是存在的圆满。

3

为了行动的满足感，由那些实施它然后又立即

在实施中看见它的行动，真实又对唱的，犹如在
其他人和别人的对唱中，那些与他们一起看着他们的
人，辛劳着，微笑着，

了解那行为和他们的行动，了解那些遭受挣扎煎
熬的其他人和别人的行为，

努力中的努力，犹如在舞蹈和攀登的辛劳和狂
喜中，

当他们知道自己的内心世界时，他们马上就能看
到自己的身外世界，面孔生动，声音清晰，

每一种都在另一种中产生和增长，像火中之火，

就像爱人知道的那样，知道爱和被爱，然后，

　　亲吻着仿佛他被亲吻：于是只有努力才是感激，
于是只有辛劳才是狂喜，

　　痛苦才是满足，而一起拥有则两者都不是，是第
三种，

　　包含并超越了恐惧和斗争，兴奋和狂喜：

　　除了与整体的自我一起，自我是不同的另一个，
爱着并被爱；

　　既不是没有，又是两者，从两者的超越过渡到存
在的存在

　　自我蒙面的个性在黑暗和日光中搜寻和迷失。

　　突然地，突然地和坚定地

　　然后它在冬天清晨的水中醒来：

　　当然，这是重新开始的第一个清晨，

　　在第一个清晨醒来，外面的世界一片洁白，

　　容光焕发，被洁白和光明的幸福所拥有，

　　一片洁白是光且甚于光，

　　以及内在的清晨和所有光的意义。

　　突然，当亚当第一次看到另一个自我时，那是一
个敬畏的时刻，一个与他自己相似的他，但又是完全
不同的、全新的自我，是存在，爱，爱和被爱的开始

（接着，所有的震惊都变成认同，难以置信，

然而事实在他面前，带着清晨的坚定成长着，宁

静又庄重。）

迅速地又坚定地这就是那个小瞬间，当拉撒路

推开那冰冷汗湿的麻布到旁边，

被耶稣召唤的时候，雪和清晨，

推开那块石头到一边，那被定义的结论，

然后为这第一次知道的所有震惊，惊讶万分

不是他复活了，在那木板，石头，那紧闭，钉

子，以及黑色的寂静虚空之后，

而是他永远死去。知道死亡的幻觉和死亡极度痛

苦的现实混淆在一起，

最终了解死亡在活着的人们中是不可想象的

（了解期待、希望、意志，关于人终有一死的思

想的奢侈及蒙昧）

听到从人生的虚幻梦境中醒来的晴天霹雳般的消

息，人生总会归于终结。

夏天的知识

夏天的知识不是冬天的真相，那坠落的真相，那秋天的收成，愿景和赞誉：

这不是五月的知识，一点点长出叶子生长变绿，盛开并绽放洁白，

这不是先知，不是金秋的知识，不是成熟后变得黯淡的葡萄园，

也不是黑色的折磨，多雨和潮湿诞生的知识，四月，以及分娩的阵痛，

子宫抽搐的知识，如弹簧线错综复杂的动脉，割断切开，犹如那根系从黑暗的土壤强行打通它的道路：

对于疼痛第一次极度痛苦的感觉比死亡还惨，或者比想死的念头还惨：

没有罂粟，没有准备，没有仪式，没有幻想，只有

开端，如此远离所有知识和所有结论，

所有犹豫不决和所有幻想。

夏天的知识是绿色的知识，乡村的知识，关于成长的知识，关于丰满和成熟的丰腴以及圆润的柔软认知。

这是鸟的知识和感知，树木拥有的感知，当液汁攀爬至树叶、花朵和果实的时候，

那树根从未看见，那树根相信黑暗，和对冬天知识的无知

——那果实的知识不是由树根拥有的，在它的野心不屈不挠的黑暗中

那是信仰的条件，超越经验的概念或成就的满足。

夏天的知识不是图片的知识，也不是传说及学习的知识。

它不是从山的高度所知的知识，它不是从花园的远景中所见的深山暗泉；

它不是金色相框里静止的景色，它不是衡量和珍惜感情的句子；

它是猫的知识，鹿的知识，有着雪白的花朵和果实发育完全的植物的知识。

它是当葡萄成熟苹果红润，夏季将尽的时候，葡萄树和葡萄的死而复生的知识：

它是关于苹果成熟的知识，当它走向坠落的成熟
时节直至腐败和死亡时。

由于夏天的知识是死亡作为诞生的知识，

死亡如同土壤里的所有繁茂，花开怒放，重生。

它是关于爱的真理和成长的真理的知识：它是知
识之前和之后的知识：

因此，在某种程度上，夏天的知识根本就不是知
识：它是

   第二本性，第一本性满足了一种新生

   和一种新的死后重生，从转变的十月，

    燃烧的十一月中展翅翱翔。

   那耸然而起又跌落的火焰，

    变得越来越生动，越来越旺盛

在秋天烈焰的消耗和湮灭中达到极致。

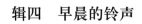

辑四　早晨的铃声

小姑娘唱着"我是活泼的樱桃"

——致凯瑟琳·汉伦

小姑娘唱着"我是活泼的樱桃",

"每个早上我是一些新的事物:

我是苹果,我是西梅,我只是像

那些制造万圣节爆炸的男孩一样的兴奋:

我是树,我是猫,我也是盛开的花朵:

当我喜欢的时候,如果我喜欢,我可以是新的某

个人,

某个非常老的人,一个在动物园里的巫婆:

无论何时,我可以成为其他我想成为的人,

有时候我也可以成为其他一切事物:

我也知道那桃子有一个洞,

而我把它和其他一切摆在一起

去让大人们大笑,无论何时我唱:

然后我唱:这是真的;这不是真的;

我知道,我知道,那真的不是真的,

那桃子有一个洞，那洞里有一个桃子：

两样都可能是错的，当我唱我的歌的时候，

但是我不告诉大人们：因为这很悲伤，

而我想他们的大笑就像我制作的

因为他们长大了，忘记他们知道的东西

并且他们肯定某天我也会忘记它

他们错了，他们错了。当我唱我的歌的时候，我

知道！

我是红的，我是金的，我是绿的，我是蓝的，

我将永远是我，永远是新的！"

哦，孩子，不要害怕黑暗和睡眠的黑暗领地

哦，孩子，当你下楼去睡觉，睡眠飘散的时候，

你变得更多更与众不同，你变成了那

鸟、野兽、树的队列：你是一个合唱团，

马群中的小马驹，黑暗森林中的小树苗，

抬起你的四肢和树枝向着天空，生出叶子，

然后你与海狸合二为一，

小动物们在阳光下取暖，

在白色的冬天休息和隐藏：

　　　在睡眠的河流中你睡着

　　　像那河流自身以及那些

　　　当它们游动时喃喃张嘴的海洋生物，

　　　　　轻柔地、顺滑地吵闹着，滑行着，

　　　　　安静并光滑地闪烁着。

忠诚的美国人

杰里迈亚·迪克森是一个忠诚的美国人，

因为他是一个了解美国的小男孩，因为他感觉他必须

考虑每件事物；因为那是需要考虑的全部，

马上知道事实和喜剧的亲密关系，

凭直觉知道对于一个人

和生活在美国的所有人而言幽默感是必要的。因此，天生地，

自然地当一个四月的星期天在一家冰激凌商店，杰里迈亚

被要求在巧克力圣代和奶油冰激凌香蕉之间做出选择的时候

他毫不犹豫地回答，没有必要去考虑这个

作为一个忠诚的美国人，决心去继续犹如他开始的时候：

拒绝克尔凯郭尔的《非此即彼》，还有许多其他

欧洲人；

　　谢绝接受可供选择的事物，谢绝相信两者之中的
选择；

　　拒绝选择；否认困境；选择绝对肯定：

　　　　了解着

　　　　　　　在他的胸膛中

　　　　　　　　　那无尽边疆的辽阔和金黄，那永
　　　　恒的西部。

“都要：我两个都要！”这个忠诚的美国人宣布
在马萨诸塞州坎布里奇，在一个四月的星期天，被
　　　大百货公司，被五元或十元的廉价商店，指
　　示着
被圣诞节，被马戏团，被尼亚加拉大瀑布和科罗
拉多大峡谷
　　　的粗俗和宏伟，教诲着，
被富丽堂皇，粗俗，无穷的欲望满足，
　　　黑暗中的闪烁，关于那道
月亮描画的一票两场的星期天的光，熏陶着
那道光线的想象的广告的圆满，
那道就像它自己的光线——那无尽的信仰在无尽

的希望中——哥伦布的，

　　巴纳姆的，爱迪生的，和杰里迈亚·迪克

森的。

想要成为匈牙利人

来，让我们来想想一个想成为匈牙利人的小男孩
的命运！他和家人已经搬到
　　一个新郊区，上了一个新学校，那是新郊区
　　仅有的天主教学校，
　　当所有其他孩子们都是匈牙利人，

　　第一天他感到非常伤心和隔阂，他感觉越来越隔
阂和被孤立
　　因为所有的男孩和女孩都同情他，为他感到难
过，因为他不是
　　匈牙利人！因此他们非常同情他，为他感到难
过，送他漂亮的礼物，
　　连环画、弹子和外国钱币，薄荷糖和糖果，还有
一把手枪，以及
　　他们真挚的同情，怜悯和友谊

现在令他更伤心了，自从他看见所有匈牙利人是
如此善良和慷慨，而他不是

匈牙利人！因此他是一个外来移民，一个外星
人：他的确将会，
永远地，无论如何，他绝不会变成匈牙利人！
匈牙利人！因此他在第一天回家，带着他的礼物
并告诉父母他多么希望变成
匈牙利人：在极度痛苦中，在愤怒中，
指责他们剥夺了他，耽误了他：这逗乐了他们，
结果他更加勃然大怒，吼叫着指责他们

——因为你们我是个陌生人，怪物，猩猩！
因为你们（他的热泪说）我是一只猩猩！而
不是
匈牙利人！比没有单车，没有鞋子更糟……
　　　　看见这个可怜的男孩，他如此热切地想
　　要成为
　　　　匈牙利人
　　　　煎熬着，知道作为美国人的命运。

不管在埃利斯岛①，普利茅斯之岩②上，

还是在思想和心中的秘密之所

这是美国——如诗歌和希望

这是名气，关于我们命运的游戏和

名字：

这是我们必须忍受或必须庆祝的。

---

① 埃利斯岛，美国纽约市附近的小岛，1892 至 1943 年间是美国的移民检
查站。
② 普利茅斯之岩，传说中美国第一批移民到美洲登陆的地方。

现在是早晨？是那转瞬即逝的早晨吗？

现在是早晨？是那转瞬即逝的早晨吗？

就在黎明之前？那太阳多大啊！

是那些鸟儿吗？它们的声音开始

充斥四周，口哨般的，动人的，快乐的

在空气中到处都是，说着那些比词语

更多的词语，用拉长的知觉：

然后一切都开始上升变得

如同那迟滞的光升至燃烧的闪电般明亮

一个小成绩

温顺的人，歌唱着蟋蟀，麦子，集合①，蜿蜒小溪，

然后所有鸟儿唱着合声部②：

　　　　"泡沫，微微地，

　　　　口哨，悦耳地，

　　　　细流，消隐着，

　　　　亲着，滴着

　　　　啜饮那源泉

　　　　幼鹿在那浸浴的地方

　　　　在黎明降临

　　　　和黑暗屈服之前

　　　　向至高无上的辉煌升起，

　　　　那卓越富足和炽热发光的

———————

① 集合，指打猎前猎人和猎狗的集结。
② 合声部，原文为意大利语，音乐术语。

雄伟的钟和球。"

因此，那小鸟以迷人的乱调开始齐声合唱，

以庄重，甜蜜和最温柔的方式问候

那威严的火焰在伟大的双桨上翱翔，

它们的闪光和颂歌越来越多

当然，他们看到那震天的咆哮

在蔚蓝的大海上，在它们之上的海湾上空

一定可以看到日出。

一支小小的晨间音乐

晨曦中的鸟儿叽叽喳喳，吹着口哨，

叽叽叫着四处寻找，啜饮着咯咯笑——它们虚弱、温顺地说话，发出冒泡声

犹如它会说话，当樱桃已成熟或樱桃即将成熟时像樱桃般快乐。

它们全都是悦耳，难以捉摸，和没来由的，

唱歌只是为了增强早晨的感觉。

那心之杯多么快地溢流，它是多么兴奋喜悦！

在晨曦中，那公鸡吟唱，咆哮着，

像火箭般爆发，升起着并破裂成短暂的光辉；

当田野升起，一只又一只公鸡像着了火，

牧场在模糊的蓝色阴影之外若隐若现，

升起并染红红色谷仓和红色牲口棚，一块块，一箱箱慢慢浸湿了红色；

然后太阳宏伟的敬畏和光辉更近了，

点燃一切，烧毁了黑暗森林，鼓舞并照亮着

所有亲爱的事物，那些花瓣下面

长眠并生长的东西，星星的神秘和嘲笑。

在清晨的微弱光线里那些晦暗的事物稍微转变了，

渐渐变灰或渐渐变绿——

他们马上呈灰色或绿色

   在蓝色光线的淡淡冷酷里；

他们梦想着另一种生活，而那差异性

就是那黑暗，越过

枫树和橡树，枝繁叶茂，扎根在古老而著名的光线中，

在过去的土地和未来光辉的束缚中。

正当那早晨正成长时，太阳正高升，所有

那些照亮的显露，快速地或缓慢地，显露喷泉的充盈，

瞬间一道涌出的光芒，真实又耀眼，将点亮并使我们大家漫溢，

发现并揭开所有颜色和所有物种，所有形式和所有距离，上升再上升

更高再更高，像一堆超乎想象的意识的篝火，

凝视着，燃烧着，保佑着并支配着所有的光彩和黑暗。

辑五　诗歌王国

金色早晨，甜蜜王子

艾芬河① 那个悲伤又激情的同性恋演员

以逼真的精确，传神的变化多端的手法公开发布

的东西，如大海

一般广阔。大海不卑微也不骄傲

能筑坝，控制或主宰。无论我们存在的感觉

如何，

或我们从何处来或我们在哪里期待与求索

他先于我们自己就了解了全部的我们，他了解健

壮的，孱弱的，

愚蠢的，缄默的，虔诚的，强大的，幸运的

经历，

突然声名鹊起，极端的逆转，必然的失败

无论在陆地还是大海上。他了解死亡是永生

和本质的不确定性，正如他了解陆地和海洋。

———————

① 艾芬河，在英格兰中部，流经莎士比亚出生地斯特拉福德。

他了解高尚的现实。

他看过畏缩、背叛的巨大力量。

他讨厌淫荡的雪花和蝴蝶。

然后他偶尔相信真理、希望、忠诚和慈悲。

看哪！过去如何，现在如何，将来如何，他都看见了：

"一个温和的君主被谋杀于无助的睡梦。

一个女孩被伪善的摄政王所诱惑。

一个孩子被野心勃勃的大公刺死。

可爱忠诚的妻子被忠诚和勇敢的丈夫，

误解怀疑，被一方手帕指控，

被他的爱人背后捅刀，他的无辜，他的信任

在那个自我厌恶的无赖的巧言令色中。

看，奥菲莉娅懒洋洋地躺在那条名为"永远"的河流中喋喋不休念着，

永不永不永不永不永不……

科迪莉亚 ① 喘不过气来，而李尔王

———————

① 科迪莉亚，莎士比亚戏剧《李尔王》中李尔王的小女儿。

最后终于学会了，奉承是狡猾的，

词语是自由的，情绪廉价，誓言

和表白一文不值，或极其贵重：最终他知道了

真爱有时说不出来，总是诚挚的。

他知道了——知道得太晚——那爱情曾经非常亲

近和可爱。"

是否所有的心和所有的女孩总是被背叛？

是否爱情从未超越欲望，厌恶和怀疑？

看哪，这很明确：邓肯在他的坟墓里，

苔丝狄蒙娜 ① 在柳树下哭泣的时候，

被准许只有少量时间哭泣、祈祷或怒吼：

这是真相吗，那完整的，永恒的，和全部的

真相？

肯定那些高贵的，无辜的，有天赋的和勇敢的

有时——坚定，有时——获胜。然而如果一个活

着的灵魂

被残忍地抓住，并被信任杀死

我们在坟墓之上或之前的安慰从何而来？

---

① 苔丝狄蒙娜，莎士比亚戏剧《奥赛罗》的女主人公。

成熟是一切：剩下的是寂静。爱是唯一；爱造就我们，我们就是这样的人

还有我们的小生命，绿色的，成熟的，或腐败的，它就是这样

因为爱被接受，被摒弃，被拒绝，被抛弃，被凋零，被侵袭，被忽视或被背叛。

一些人被击败，一些人被虐待，一些人被满足，一些人成功了并开出花朵

了解能量的耐心，从黑暗的根茎到圆满的果实。

如果这不是真的，如果爱不是友善和残忍的，

慷慨和不公的，无情和不可抗拒的，对于智者痛苦，对于愚人柔和，

多产和多样的，浪费和不安稳的，奢侈的，残暴的，贪婪的和温柔的，招致

狮子和羔羊，孔雀，猎鹬犬，老虎，蜥蜴，雏鹰和鸽子，

所有这些都不算什么，所有这些都微不足道，没有什么是满足的，爱将不是爱。

因为，正如没有失败就没有游戏、没有胜利一样，

因此除了爱的选择就没有选择，除非一个人选择

从不去爱，寻求豁免，发现虚无。

这是仅有的避难所，这是一个收容处除非

我们躲进黑暗的方舟，并否认，拒绝相信希望的
意识，

否认希望的现实，直到希望屈尊，进入未知，躲
藏并终结爱，

与所有其他被诅咒，绝望的人一起永远哭泣，爱
不是爱。

金色的早晨，甜蜜王子，黑色夜晚总是降落，总
是消逝，

金色的早晨，艾芬河王子，

现实，希望，演讲的统治者和国王，愿所有的天
使歌唱

唱出你所唱的一切，所有的甜蜜，所有的真理。

维瓦尔第 ^①

我的意思是

音乐由穿黑色和红色衣服爬着宽阔楼梯的人组

成。歌德

一切是见证

1

在音乐的黑暗教堂中

那从未独自在陆地或海洋上

而是在思想内部的空气中绽放的音乐，

形式在运动在行动，游行圣歌

接连不断，以坚定的威严移动着

去拉开那关严的窗帘，把枝型吊灯带入

行鞠躬和屈膝礼的家臣的萨拉班舞中，

在马戏团里翻跟斗，爬上桅杆和塔楼，

---

① 维瓦尔第，意大利作曲家。

或像从闪光的塔上跳入闪光的湖

勇敢而自信地潜行着，无畏又精确地

     在黑暗中找寻那黑暗教堂

哪个是音乐的黑暗教堂：这就是音乐

它没有意义并被所有意义支配，

因为音乐说：

   懊悔，这里是治愈的伤疤，

   这里是一扇窗，好奇！

   这里还有，哦，感性，一只沙发！

   看哪，为了野心无意义的能量

   山峰之外崛起着山峰

   比之前已知的更紧张更陡峭

2

虔诚的

游行圣歌（有一位庄严的皇帝

虽然孩子般的杂技演员像繁茂的花朵装饰

和安特雷沙 ① 那去往成功的通道

当安详的皇后被沉着加冕，缓慢地

——————

① 安特雷沙，原文为法语，芭蕾舞术语，跃起双足腾空交叉数次。

在最后一场战争中被驯化的龙所吸引。）

它讲得完全又新鲜，新颖又独特。

独特又新颖，新鲜又完整的重复。

3

哦，清澈的女高音像蓝铃花早晨的钟声，

哦，那清晨的水彩画，

温柔快速地跳舞，腾跃，飞奔，欢闹！

这是对存在的转化和存在壮丽地降服！

这是所有的花朵和面孔的形象，象征着恐惧和希

望，渴望和绝望，

这是崭新的蓝色花朵的时刻

……在存在的存在中溶解、消耗，

所以我们将被遏制，所以我们将被耗尽

长笛的铁花拥有早晨的直觉，

那大提琴家如释迦牟尼，像一棵扁桃树般弯曲，

诺亚驾驶着所有美丽的黑暗方舟，

首席小提琴家是阿西西的弗朗西斯，

　　保佑那些树木，那些猫，那些鸟

　　　　呼喊它们，他的兄弟和他的

姐妹们

整支交响乐队回应了演奏家们的华彩乐段①：

"爱是万物的黑暗秘密

爱是万物的公开秘密，

一个无用的公开秘密犹如蓝天！"

音乐不是水，但它如水般流淌，

它不是火，但它腾空飞起像太阳般温暖，

它不是岩石，它不是喷泉，

      但岩石和喷泉，时钟和高峰

蕴含在它之中，结合在一起，

在光芒中搏动着震颤和回响，

主宰着天气的主宰！

4

音乐流动着像一条河和一座城市

      一座城被一条河环绕着

      而一条河被一座城统治着

有着命运的模样；那心的命令

———————————

① 华彩乐段，通常在古典乐曲结尾，以突显独唱或独奏演员的技巧。

和那心的独裁，必须屈从

于竖琴的乐谱，对于苍白的跌倒失败

温柔得像所有火焰。那音乐，虽然看不见，

变得寂静不多于也不少于雪花的飘落，慢慢
飘落，

在被命运的王朝支配之后

然后，

　然后，

突然，比一群鸟儿在摇摆、歌唱、响亮、曲线飞
翔中更自我陶醉

在弯曲中急转弯，俯冲中栖落，栖落和飞翔中
起航。

音乐宣示：

"这是你想要的吗？你到这里来，就是为这
善吗？

要成为，要变成，要参加这甜美的使注意力安详
的大会吗？"

安静，专心，静止地等待着，

　　　除了那紧紧抓住自己的心和安静的呼吸

（一阵突然的咳嗽！）专注于迷人的舞蹈，

那问题的答案是：我们存在，我们在场，我们
屈服。

知觉已同意，被消耗，屈服，仅仅听到演奏者
演奏：

知觉已变成唯一和纯粹的倾听，

那生动的世界已拴上，

欲望的压力被拒之门外

除了这只天鹅所有光线都变暗，看不见

那巴汝奇①的港口和方舟，在黑暗中航行

所有欲望消耗殆尽，除了这种存在的欲望，

这种存在的在场，这个在场的存在，

这个现在，这个存在，这就是那存在

梦想在奋斗，激情在前进

（在云雾和笼罩物之上，

永远升起像一架飞机）

远离恺撒和维纳斯，计算和性感，推理和挫折的
世界，

这是隐藏内心深处的期待的黑暗城市，

是超越情感的行动，

那力量超越和释放了力量，

---

① 巴汝奇，源自希腊语，拉伯雷小说《巨人传》中的人物。

　　　　超越见证者见证之内的超越，

这是宿命的不朽，这是

卓越的知觉，

这自我遗忘在自我拥有和掌握之中

　　在向所有关系打开的欣喜若狂中

不再警惕、失眠、防御、谨慎，不再奋斗与攀登：

这是不朽的不朽

　　不朽，和不朽出席的在场同在。

这是现实被抓紧的现实，向前进

　　现在和永远。

斯特恩 ①

——致荣耀的麦当劳

我被亲爱的富康伯格大人 ②

日夜不断地奴役。我与他一起在

波尔海德 ③ 进餐。那里全部的骚动，

聚集，吃晚餐。刚刚吃着鸡肉，哭泣着，

就坐着哭泣，眼泪掉落在

苦涩的酱汁上。

我点了双份"好望角"，

我看着尤里克 ④ 的脸。

—————————

① 斯特恩，即劳伦斯·斯特恩（Laurence Sterne，1713—1768），18 世纪
英国小说家，著有长篇小说《项狄传》和《感伤的旅行》。
② 富康伯格大人，玫瑰战争中第一阶段约克党主要领导人之一。
③ 波尔海德，邻近有 700 年历史的里普利城堡，在约克郡山谷。
④ 尤里克，莎士比亚戏剧《哈姆雷特》里的一个角色。

我希望我在阿诺斯山谷 ①，

虽然这里在科茨沃尔德，奢华的岁月

——富饶的土地，我进食着

鳟鱼、鹿肉和野味。

然而当我吃草莓的时候，因为想着你

我像猫一样忧郁。现在我有了一只猫。

坐在我身边，安静又严肃地咕噜地

向我的哀号，庄严地凝视着我

犹如它知道我痛苦的原因！

——那颗心是多么安慰，亲爱的伊丽莎！

当它可悲地沉沦的时候

被一只可怜的野兽悦耳的呜呜声所鼓舞！

当一只可怜的猫咕噜出微弱的乐段

我，我，可怜的尤里克聆听一剂止痛药

黑暗甜蜜，犹如那罂粟，新鲜又轻率，犹如公鸡

雄赳赳的乐曲！

……爱，呜呼，与你一起逃离

———————

① 阿诺斯山谷，英国南部布里斯托尔的一处地方。

整夜我睁着双眼

（在白天于我都是瞎的！）

想象，呼唤，仰慕或可怜地

（这就是我的希望，我的虚荣！）

极度耐心地在那宏伟的绿色公园里等待的人

站在昏暗的大门前。

斯威夫特

为了这取悦于他的宝贝的美丽空谈

该迅速做些什么？星期天：闪电闪了五十次！

这周奥蒙德公爵要去佛兰德斯 ① ！

虽然他很爱我，我还是会期待他！

我的所有希望现在都有可能，

没有确定。同时，我的讽刺

全都大声讲出来，响彻云霄

——你如此积极，真是一个无耻荡妇

尽管一切正如你说的那样过去了！

老兄，要不断写！我不是每天都写吗？

有时候还一天两次，斯苔拉 ② 写信像皇帝。

——————

① 佛兰德斯，中世纪欧洲一伯爵领地，包括现比利时以及法国各一部分。
② 斯苔拉，斯威夫特著作《致斯苔拉小札》中的主人公。

老兄！我永远感到惊讶——被自己！

或者被其他人——嘀嘀：我内在的一种天使孩子般

的愚蠢，愚蠢还是无辜

被震惊了，由于虚荣涌出

石头和骄傲的眼睛——却是平等的

由于致命一击或高贵的闪光！

——信仰，丁利太太，你对未来世界有何看法？

耐心！耐心是一个喜悦的东西——哦，调皮的捣

蛋鬼，

耐心胜于知识：快乐吧，直到我回来。

哈利先生对我说尽好话。

真的，我的确相信，如果我留下将为我效力

——从那咖啡厅打电话，呆坐在那里一会儿，

冷冷地和艾迪生先生对话：

我们所有的友谊和亲密现在都消失了：

这不奇怪吗？我觉得他对我不好：

我像全世界所有人一样

鲜有快乐，虽然我

在整个内阁里颇受欢迎。

任何幸福的梦想都不会轻易实现
除了偶尔从他最亲爱的人那寄来的信件。

权力的骄傲，地位和权力的骄傲与快乐耸立着
还有那些极度诱惑我的微不足道的玩偶们
在一个阴历月 ① 的激昂中狂怒踩躏着……
我脑子里的罗马要爆炸了，我的帝国！
格列佛？受骗了！我心中的恺撒大帝
告诉我所有的耻辱都是可能的，
而某些背叛是极为可能的！

现在我必须离开亲爱的 MD②。恳求您，
来作乐，耐心的女孩们和爱上你的急板乐段。
我已读过所有拙劣的作品，我疲倦了：
亲爱的生灵，和平与宁静和你们同在
你们是孤独的。没有人有空去做琐事。
再次道别，亲爱的捣蛋鬼们；我从不快乐
除了当我想到你们这些小坏蛋 MD 的时候，
我受够了法庭和内阁。

———————

① 阴历月，指两次新月之间的时间。
② MD，在斯威夫特著作《致斯苔拉小札》中，MD 代表斯苔拉和她的女
伴丁利太太两个人。

我但愿更多地待在拉腊柯尔 ①：

信仰，你了解我写的每个字符吗？

我紧闭双唇正是为了整个世界

犹如我用悄悄话与 MD 交谈。

昨天奥蒙特公爵的女儿死了：

可怜的宝贝，她怀着孩子。她曾是

我最宠爱的人——拯救你——我几乎不知道

还有比你更珍贵，更漂亮的，

更高贵的存在。我恐惧那确定性

她被不小心抛弃，

和仅仅缺少关心的确定性。无论如何，这是清楚的，

她与生俱来非常健康。

——她的主人是一只小狗。我将不再是他，

现在他失去了他仅存的珍贵的……

我憎恨生活，当我看见它像这些事故

如此地暴露，如此成千上万地

用它们的愚蠢加重大地的负担，

例如像她必须死去的时候——突如其来——漫无

———————————

① 拉腊柯尔，爱尔兰的一个教区。

目的。

　　　有些人正到来，想要一个小住所。
　　　我的心被放置在河边的那些
　　　樱桃树上。我的漂亮荡妇
　　　永别了，我最亲爱的夜晚的调皮的 MD……

　　　你看一个大海有十英里宽，一个镇子
　　　在对岸，舰船在大海里航行
　　　朝 MD 和我发射着大加农炮，
　　　我看见宏伟的天空，月亮和星星，还有一切：
　　　　　　我是个傻瓜。

荷尔德林

现在和以前一样你们没有听见他们的声音吗？
在他们的欢欣之中感受安详
反复颂唱着，向那些怀有希望并做出选择的人
清晰得犹如夏日密林里的鸟儿：

                    是的！是的！
                    我们是！我们是！

清晰地，犹如他们是我们，又不是我们，
隐藏得像未来，遥远如星星，
没有什么比丰盛的音乐更有意义了，
反复颂唱着，在成功的最顶峰处
努力和欲望是无意义的，
在喜悦的喜悦中最终被超越，
反复颂唱着，在最终蓝色的最后一幕：

                    是的！是的！
                    这是永恒！永恒是现在！

波德莱尔

当我入睡的时候，甚至在梦中，
我听见，非常坚定无疑的声音说这
整段文章，平淡而琐碎，
与我的事务毫无关系。

亲爱的母亲，还有任何留给我们
去开心的时间吗？我的债务已极其严重。
我的银行账户已交由法院去裁决。
我什么都不知道。我什么都不能知道。
我已失去做出努力的能力。
但现在正如从前，我对你的爱是增长的。
你总是全副武装后用石头砸我，总是：
是真的。它可以追溯到童年。

在我漫长的人生中第一次
我几乎是幸福的。那本书，几乎完成了，

看起来似乎不错。它将持久，一个丰碑
对于我的执念，我的仇恨，我的厌恶。

债务和不安持续削弱我。
撒旦在我面前滑翔，甜蜜地说：
"休息一天！你今天可以休息、玩耍。
今晚你会工作。"当夜晚来临时，
我的精神，因逾期还款而恐惧，
因悲伤而厌倦，因无力而瘫痪，
做出承诺："明天：我将在明天。"
明天同样的喜剧会重新上演
用同样的决心，同样的软弱。

我厌恶这带家具房间的生活。
我厌恶感冒和头痛：
你知道我的奇怪生活。每天都带来
它定额的愤怒。你完全不了解
一个诗人的生活，亲爱的母亲：我必须写诗，
这最令人疲惫的职业。

今天早上我感到悲伤。不要责备我。
我在一个邮局附近的咖啡馆写信，

在台球撞击的咔嗒声中，盘子碰撞的哗啦声中，
我的心怦怦直跳。我被要求去写
"讽刺漫画的历史"。我被要求去写
"雕像的历史"。我应该去写一篇
你在我心中的讽刺漫画雕像的历史吗？

虽然它会让你付出无尽的痛苦，
虽然你不敢相信它的必要性，
怀疑那概述的准确性，
请寄给我至少够花三周的钱。

诗歌王国

这像光。

　　这是光，
有用如光，同样迷人
同样令人陶醉……

……诗歌肯定
更有趣，更具价值，
比尼亚加拉瀑布，科罗拉多大峡谷，大西洋
还有其他许多令人叹服的自然现象
　　更迷人。
它有用如光，并同样美丽。
　　它是荒谬的
正是这样，让它可能去说
　　一个人不可能背负起一座山岭，但一首诗可以背
负所有。
　　它极度

令人愉快，因为诗歌可以严肃地或戏谑地说：

"诗歌比希望更好，

"因为诗歌是希望的忍耐，是所有希望鲜艳生动的画面，

"诗歌比激动更好，它令人愉快得多，

"诗歌远胜成功和胜利，它长存于宁静的幸福中

很久以后在最令人置信的丰功伟绩像烟花般涌起又落下。"

"诗歌比起任何的树林、丛林、方舟、马戏或动物园拥有的品种

是一种更有力量，更有魅力的动物。"

由于诗歌放大并突显现实：

诗歌谈到现实——如果它是宏大的，它也是愚蠢的：

由于诗歌在某种程度上无所不能；

由于现实多样而丰富，有力而生动，但它不足够

因为它是无序、愚蠢或仅仅间或并偶尔智慧一下：

由于没有诗歌，现实说不出话、语无伦次：

它是混乱的，像雷声盛大的炸裂轰隆：

它是海洋滔滔不绝的叙说之上的孔洞边缘：

由于现实的光亮和辉煌，没有诗歌，

褪色暗淡，像落日的红色歌剧，

　　　　清晨蓝色的河流和窗户。

诗歌的艺术使它有可能去说：混乱。

　　由于诗歌是快乐的，精确的。它说：

　　"日落仿佛一场斗牛。

　　一条睡着的手臂感觉像苏打水，咝咝作响。"

诗歌从坟墓中将过去复活，像拉撒路一般。

它将一头狮子转变成司芬克斯和一个女孩。

它给予一个女孩以拉丁音乐的辉煌。

它点水为酒在加利利的迦拿 ① 的每场婚礼上。

确实，诗歌创造了独角兽，半人马，还有凤凰。

因此诗歌确实是一艘永恒的方舟，

一辆公共汽车承载并产生着所有的思想动物。

正是从那里，诗歌曾给予并且现在也给予了宽恕之舌

　　因此诗歌的历史就是欢乐的历史，和

　　　　爱之神秘的历史

―――――――――

① 　迦拿，以色列北部拿撒勒的城市，耶稣在那点水为酒。

因为诗歌主动、丰富和自由地提供

那些爱所要求的昵称及爱称，而没有它们

　　爱之神秘将不能被掌握。

由于诗歌像光，它就是光。

它照耀着一切，像那蓝天，用同样正义的蓝色

照耀。

由于诗歌是意识的阳光：

它也是存在于果园里

　　　　知识果实的土壤：

　　　　　　　　它展示给我们城市的快乐；

　　　　　　　　它点燃现实的结构。

　　　　　　　它是知识和笑声的源泉：

　　　　　　　它令风趣的哨声更尖锐：

　　　　它像清晨以及清晨的长笛，反复吟唱并陶醉。

　　　　　　　它是永恒的第一个清晨的诞生和重生。

诗歌像老虎般敏捷，猫般机灵，橘子般鲜艳，

然而，它是不死的：它长盛不衰并盛放着；

　　　在法老和恺撒倒下很久以后，

它比钻石都闪亮并长存，

这是因为诗歌是可能性的现状。它是

想象力的现实，

欣喜的咽喉，

意义的行动

清晨的意义及

意义之神秘。

诗歌的赞美像群山高度的清晰。

诗歌的高度像群山的欣喜。

它是在清晨的乡村中意识的圆满！

塞纳河边修拉的礼拜天下午

致迈耶和莉莲·夏皮罗

他们在看什么？是不是那河流？

阳光照在河面上，夏日，闲暇，

或是享乐及意识的虚无？

一个小姑娘在蹦跳，一只环尾狐猴齐足跳行

像一只袋鼠，由一名女士牵着

（她丈夫为了养猴子向刚果交税吗？）

那只双脚跳跃的猴子跟不上往前冲的贵宾犬。

每个人都双手捂着他的心：

一个祷告者，谢恩或感激的承诺

献给夏日，礼拜天和丰盛之神的虔诚祭品。

礼拜天的人们正看着希望本身。

他们正看着希望本身，在太阳底下，从初期的
焦虑，
　　　　紧张的折磨中重获自由
那些浪费了意识的这么多天、这么多年的焦虑和
紧张。

那个注视他们的人，看的是他自己所看不见的，
夏日礼拜天
的金色和绿色。这是因为他就是
专心致志的光彩，极度的聚精会神，狂热地穿起
那些珠子，针线和眼睛——立刻——生动而
持久。
他是礼拜天的圣徒，在户外的空气中，一个由
激情、勇气、激情、能力、同情、爱训练而成的
狂热分子：由生命之爱
　　　　和光之爱一同在阳光下，带着生命之爱。

处处容光焕发，像一个在寂静中绽放的花园。

很多人在观望，许多人正握着或大或小的
人或事：一些人打着几种款式的遮阳伞：
每一个人打的伞都不一样

一个人弓着腰在他的红伞下，犹如他躲藏着

秘密地向前看着河流，或寻求着

从所有其他人的评价和亲近中获得自由。

紧邻着他坐了一个已变成石头或砾石的女士

虽然她的饰戴帽是红色的。

一个小女孩紧握她妈妈的手臂

仿佛这是一种永恒的真正的必然：

她的宽檐帽蓝白色相间的，蓝得像河流，白得像

帆船，

她的脸庞和她的眼神有着最单纯的天真，

外向且远离恐惧，犹如智天使基路伯弹奏着羽管

键琴。

一个少女拿着一束花

犹如她凝视并寻求她未知的，盼望已久的，可怕

的宿命。

没有一种握力比树的力量更强，

抓紧大地，迎着光弯曲，坚守在温暖亲切的空

气中：

用一种完美的坚韧扎根并向上伸展

超越人类意乱情迷、心烦意乱的状况。

每把伞弯曲变成了一棵树，

而树木弯曲，升起变成

一把伞，礼拜天的钟声，夏日，还有礼拜天的奢华，

那些布乔亚的妻子挽着丈夫的胳膊，

带着一个女人的从容自信和骄傲

悠闲地散步，像树木一样自信，她是

——她确信——一个至高无上的维多利亚女王和皇后。

她丈夫的尊严稳固得就像他的发福：

他漫不经心地抽着一支上好雪茄，握着小巧玲珑的手杖。

他被他的妻子挽着，他们是彼此的财产，

穿着低调，无可挑剔，他们精明练达，不苟言笑

犹如他们没意识到时间或他们是自由的时间，以及那不苟言笑，

礼拜天滨河散步道路上一切的男主人和女主人！

——如同他们是环尾狐猴毫无疑问的君主一般。

如果你观察任何事物足够长时间

它将会变得极其有趣；

如果你长时间观察任何事物

它将会变得丰富、多样、迷人起来：

如果你持久地观察任何事物

你将会因为爱的奇迹而欣喜。

你将拥有并被爱的令人惊叹的炫目光辉所祝福，你将成为光辉。

将自我拥有和被拥有，犹如神圣的婚姻，职业的精通，驾驭天赋的奥秘，父母与后代之间永恒的联系。

一切都锁定在一个方向：

我们和礼拜天的人们一起从右移动到左。

太阳照耀着

在柔和的光辉中

那著名的关于

和平与休息的故事，放松一会儿，从工作日疲劳的洪潮中，

从日复一日，周复一周，年复一年的恐惧及不安和那折磨人的焦虑中。

在意识深处的极度中紧张

不停地啃着生命的牙根，不管是在睡眠中还是在清醒时，

我们已注意到它在那里，或我们可能会从

它的疼痛和折磨中得到解放，解放并向所有经验敞开。

礼拜天的夏日太阳平等、撩拨地照耀着

在富裕的、自由的、舒服的、食利的、贫穷的,

以及那些因贫穷而瘫痪的人之上。

修拉曾经是画家、诗人、建筑师和炼金术士:

这位炼金术士用他的魔杖指着去描述和抓住这礼

拜天的金色,

久久地混合他的小小合金

因为他想要抓住那温暖的闲适和假日的快乐

在他凝视和思想熊熊的火焰和激情的忍耐中。

现在和永远:啊,快乐,快乐的人群,

这是个永恒的礼拜天,夏日,自由,你永远温暖

在他的小小种子,他小小的黑色的谷物中,

他建立并掌控了那力量和奢华

那些被夏日礼拜天安详地统治的力量和奢华。

——这可能吗?这可能的——

虽然这需要赫拉克勒斯 ①、西西弗斯、福楼拜、罗

布林的工作:

———————————

① 赫拉克勒斯,希腊神话里的大力神。

莫扎特的才华和率性，金字塔的耐心，

这一切都需要二十五岁的画家有所具备

很难相信六年后他将不再活着！

——他的不可思议像大理石，串珠或者微粒

就像点石成金一样，被炼金术的魔力改变

成钻石，拥有并眷顾那视觉感知：

看太阳如何重新照耀，

被他那充满激情的沉迷惊呆了，

当他将阳光转换成锡蜡存在物时充满激情的沉

迷，闪着光，泰然自若，如黄油般栩栩如生，

在发光的固态中，不变的，一个礼物，提升至

不朽。

阳光，高耸入云的树木，塞纳河

犹如一张巨大的网，在其中修拉试图抓住并握紧

在平静、温和的幸福中漫步和行进的所有生命：

河流泛着涟漪，光线变幻中的银蓝色

几乎是静止的。大部分礼拜天的人们

像花朵，散着步，朝河流、太阳，还有太阳的河

流移动着。

每个人都牵着一些东西或一些人，一些乐器

牵着，握着，抓着，抱着或以某种方式接触着

某种形式的存在，就像牵着并拥有手和拳头，

独自，私密，亲密是幸福唯一真正的锁或纽带。

一名年轻男子吹奏长笛，随愉悦的音乐演奏弓
起腰，

他背对着塞纳河，阳光以及向日葵般的日子。

一个戴着高礼帽，衣冠楚楚的富家公子哥无所事
事地看着塞纳河：

他拿着手杖时漫不经心的精致老练

就像他量身定做的优雅。

他坐着的姿势很有涵养，时髦又英挺，

与他的身份严丝合缝：他是他自己的小胡子。

一个工人懒洋洋地与他平行，很舒服地，

半躺半卧着，倚靠在他的手肘上，抽着一支米琪
亚姆①，

孤独地盯着，放松地并毫不掩饰或轻蔑地

虽然他非常靠近那位优雅的年轻绅士。

在他身后一只黑色的猎犬嗅着那绿色、蓝色的
地面。

在他们之间，一位主妇低头看

———————

① 米琪亚姆，土耳其海泡石烟斗。

她腿上的编织物，就像在对一本

艰涩的书做深刻的研究。由于她压抑

并不在她那几乎隐藏起来的脸庞中的神情，而在
她握着的双手中

那双手紧握编织物，犹如无人握住的

雨伞，风筝，帆船，长笛或太阳伞。

这是时间和时间之火的紧张现实，它将

任何事物都变成另一个事物，持续调整并改变着
所有身份，当时间的

熊熊烈火燃烧的时候（热望，飞扬然后消失），

因此所有事物升起又降落，活着，跳跃并消隐，
跌落，像火焰般热望，

盛放着，飞扬然后消失——

在无法控制的时间和历史的大火中：

因此修拉追寻，在他凝视和思想的洞穴里，去
发现

有关礼拜天单纯快乐的一个永恒瞬间；通过眼睛
的永生追寻不朽的欢乐；

耐心并充满激情地努力去超越那变幻无常，难以
预测的生活现实。

在这幅塞纳河上的礼拜天下午中

许多画面存在于礼拜天的场景里：

他们每个人都自成一个世界，一个在它自己中的
世界（犹如一个关联几代人的充满活力的孩子，使疏
远的与年老的和谐共处，因此一个孙辈是又一个生
命，那不可理喻的重生，那些绝望，无奈或倔强的人
的重生），

每个小小的画面联系着宏大和渺小，分类着那些
大的事物，

连接着它们，用每个小小的点，种子或黑色颗粒

它们就像图案，一张令人惊叹的网络和织毯，

然而，也有那波光粼粼的河水

那随机的鲜艳和光彩，冰霜令人难以置信的
系统，

当它们似乎在清晨醒来，一种纯洁、洁白、精致
的寂静和小步舞，

在十二月，在清晨，白色三角旗在玻璃上飘扬

他是狂热的：他同时是诗人和建筑师，

追寻形式上整体重现，像埃菲尔铁塔般强壮的
形式，

也微妙和细致得犹如一个演奏莫扎特奏鸣曲的

人，独自在巴黎圣母院的尖顶之下。

快速且极度敏感，纯粹得真实且实用，

令小颗粒的一块块马赛克拼成一幅秩序井然的辉
煌壁画：

每个微小图案是一个梦想或想象的宏观世界，

在那梦想或宏观世界中，所有的东西，大的和小
的，都乐意并喜爱屈从

于礼拜天之光和阳光愉悦的平静及安稳中，于比
例和关系深刻的均衡和秩序中。

他达到并超越那些令人目眩神迷的印象派画家

耀眼的直觉，跟随

变化的光线，当它延伸着，变化着，时时刻刻，
安排着，迷醉着，自由赋予着

所有的新鲜和所有的更新，持续不断，在所有光
线展现和流动的事物之上的印象派画家。

虽然他非常仔细，但他也是完全坦诚。

虽然他完全不带个人色彩，他有年轻人的率真，
这就是他的爽直，

他的凝视是独特的，这样它是强烈地个性化：

它绝不是肤浅的，油滑或呆板，

他的视野单纯：然而它也是丰满的，复杂的，争议的，深刻的

在用现实的混沌模拟成熟，持久，艰辛的本质的丰富上。

在一个简朴画框里的无穷多样性：

在单一主题上数不清的差异性！

多么柔软的光泽，多么平静喜悦的勃勃生机！

这是凝视的庆典，

这是单纯关注经验的转换，

这里有提供给我们，为我们而发现的

所有小事情的神圣性，转换成最生动耀眼的意识，

在经验的浅薄性或盲目性之后，

在模糊弄脏了那些乌黑的表面之后，那些自伊甸园和自诞生以来，

令所有那些小事情变琐碎或被忽视，

或迅速撕掉车票被抛弃

在去往一个不断后退的假日搭乘火车的旅途中：

——在这儿我们停下，在这儿我们给予我们的内心

给那座真正的城市，那座生动的城市，那座我们居住其中的城市

那些我们最忽视的或无视的鲜活闪亮的日子！

……时间过去了：没有任何变化，一切维持现状。

太阳底下无新事。这也是真实的

时间过去了，一切都改变了，一年又一年，一天又一天，

一小时又一小时。修拉的《沿着塞纳河的礼拜天下午》已经远去，

已经去到芝加哥：靠近密歇根湖，

他的所有花儿在不朽的静止满足中闪耀。

然而，它却存在于其他地方，任何想象

愉悦眼睛和心灵的地方，并成为令人向往和钦佩的，

有意志地净化意识的偶像。远和近，亲密和疏离

我们能不听到吗？只要我们去倾听福楼拜尝试去说的，

看见丈夫，妻子和孩子在这样的一天中：

他们真的在这儿①！他们带着真相，他们找到了去往

夏日礼拜天大地上的天堂王国的道路。

———————————

① 原文为法语。

这不是清晰又清晰了吗？我们也不能听见

卡夫卡的声音吗？永远悲伤，在绝望的悲伤中努

力去诉说：

"福楼拜是对的：他们真的在这儿！

没有祖先，没有婚姻，没有后代，

然而带着一种强烈的对祖先，婚姻和后代的

渴望：

他们都向我伸出他们的双手：但是他们都太

远了！"

辑六　骗人的当下，重生之年

当我出生时，世界温暖而洁白

当我出生时，世界温暖而洁白：
窗玻璃外的世界是洁白的，
在铅制窗框中一片耀眼的白色，
却温暖如壁炉和体谅的心
虽然洁白如杏仁，如白骨
在午夜的静止瘫痪中，尽管如此
世界是温暖的，希望是无尽的，
一切都将来临，被满足，一切都将被洞悉
一切都将被享受，被满足，并为我所拥有。

青春岁月多么像一个夏天般逝去！
——多么像 1914 年的夏天，事实上——
耐心，我的内心，真相从未被洞悉
直到未来成为过去
然后，当只有事实的爱最终
成为爱的事实，当这两者合二为一，

然后，然后，然后，伊甸园成为乌托邦并被
超越：

然后那时，知识的梦想和知识，

无论去到哪里，立即洞悉动机和欢乐。

我是一本我不会写也不会读的书

我是一本书我不会写也不会读的书，

新奇的假面舞会上的喜剧和悲剧

令人惊讶的是，枪声如同突袭一样噼啪作响

每一次都是崭新的，无论你准备了什么

走上前来，突然惊愕和害怕，

犹如在对睡眠的恐惧

对爱的恐怖的梦中，那深度让人无法跃过。

青春岁月的虚妄已消逝！

已经全速消逝像从不停顿的火车

在那我站立着等待，几乎意识不到，

我知道的多么少，或他们中谁是那个

翻身骑上马奔向希望的人，或者真正的希望到达

的地方。

我不仅写并读那本书，那本是

我自己的书，半隐藏着犹如它是
一个人和所有人，他们从一个吻中看见
渴望、无形、黑色的深渊。

我怎能认为短暂的几年里足够
证明无尽的爱的存在？

结论

1

当痛苦使时钟停止，时间过得多么慢！

多么静止和怠惰，在黎明的微光下，

那起起雄鸡的喧嚣啼鸣：

现在痛苦嘀嗒作响，现在一切和空无必须得忍受，

我记得：痛苦是诞生的代价。

2

因为当迷恋之花凋谢

爱在它所有温暖的皮毛中透露

变成骄傲的火焰，被

那些因爱而恐惧，因骄傲而害怕的人背叛。

无论时间如何准备，无论时间如何惊讶

形象和希望，通过我们爱或死亡中的一个，

骄傲不是爱，骄傲只是骄傲，

直到它变成活着的死亡，那个否定

它是如何背信弃义，不忠实：它是如何背叛

每一个人，一个接一个，还有每个誓言，

寻觅着绝对的称赞，和其他妓女躲在一起

那些被骄傲和时间诱惑，被爱情忽视的妓女。

3

很久以后这将是真的，心与心

承认并忘记所有正在成熟，成熟，熟过又腐烂的

那些东西：

知道得太快，太快，到现在有多少爱已被忘却：

在死亡把我们分开之前，我们就已经知道这些小

小的死亡：

没有任何东西最终变得虚无，而不是腐烂，

直到黑夜沦陷，黑夜终日被人所知。

续集

初恋是第一次死亡。这里没有别的。
这里没有死亡。除了所有的人永生
并永灭。如果这都不是真的，
我们会受到更多欺骗，比这个
信念欺骗我们还要更多的欺骗。不管
我们认为我们相信的，还是我们认为
那些相信被欺骗了的人。除了相信
那死亡是甜蜜的虚无避难所：
是那犯罪和自杀的残酷病态的梦：
关于那些否认现实的人，关于那些从意识中偷窃
的人，
关于经常是亡命天涯的人，关于那些害怕去活
的人，
关于那些被爱恐吓过的人，还有
　　那些试着——在他们
　　　　试着去死之前——消失
　　　　　　并隐藏的人。

那黑暗坠落的夏天

那雨充溢清凉
　　　和成熟的葡萄的清香，
那雨就像黑暗悄悄坠落
上好的葡萄渐渐成熟，巨大的蓝色雷暴云缓慢地
移动，
　　　缓慢地绽放。
那黑暗的空气弥漫着清香
弥漫着一种凌乱和模糊的充沛，直到
蹒跚着开始之后，倾盆而下
滂沱而下，形形色色：
到处都是喧哗的声音和坠落的黑暗。

冬天的黄昏，闪耀着金色和黑色

那年可能在我看见你的那次

当圣诞树在人行道上发着光，

与污浊的雪和寒冷作斗争

洗刷低垂天空的压抑，黯淡的白像粉笔。

发出嘶嘶声的贪婪的灿烂植物：

热情高涨，犹如涌动的火葬柴堆

（就像全体齐唱唾沫四溅，歌声

高涨——好哇！——来自复活节的唱诗班。）

但这仅仅在四点整的时候是真的。

第五年在中午再次被虐：

我带给一个远方女孩苹果和蛋糕，

弹珠、照片、秘密，我涌动的心

如今盒装在学习和艺术的音乐中：

但再次，犹如从前，
被接受又被拒绝。

所有果实都已坠落

所有果实都已坠落，

熊已经睡着，

那些梨子又软又没用

像用过的希望，星光下的

微弱的知识，散落在空中

一种闪闪发光的无意识的漂流中：

那笼子里悔恨的豺狼

被麻醉得超越了欢笑和狂怒。

然后，然后，那黑暗时刻开了花！

在寂静之下，巨大

又空洞，犹如遥远的海，

我祈祷着狗和鸟

所具有的天真无邪，

为我的星星，我的石头，我的树

所有残酷和内在感觉，

那条朝着月亮吠叫的狗

犹如敌人的一颗白色尖牙，

那只扑腾飞过树丛

在它歌唱时高飞的鸟，

一种触摸时全部呈现的物体，

未来和过去都是自由的

——直至，在窗户玻璃的微光中，

我脸庞上的雾或云

最终向我显露内心的恐惧！

那朦朦胧胧的忧郁

当我是年轻人的时候，我爱写诗歌
　　我称铁铲为铁铲
而唯一可以令我歌唱的
　　是在化装舞会上举起面具。
我把它们从我脸上脱下，
　　我把它们也从别人脸上脱下
而那独一无二的错在我所有的歌中
　　是我知道什么是真实的观点。

现在的我因为年长而疲倦了
　　而那面具的任务相当令人难熬。
如果我仅仅知道，一个防止说谎的
　　好方法，我会高兴地停止
不紧张，也不忧郁
　　当我说出一些相当不真实的话：
我四顾张望

　　去找一些别的事情做：

我试着减少浪漫

　　我也试着减少幻想：

但我只是变得混乱和发疯

　　忘记什么是虚假的，什么是真的。

但今晚我将去假面舞会，

　　因为它已向我展示

那些面具比脸庞更真实：

　　——可能这也是诗？

我不再渴望变得幼稚和严厉

　　而假面舞会迷住了我：

现在我知道了，大部分谎言都是真的

　　或许我可以去玩字谜游戏？

不管怎么说，这是我最新的真实的观点：

　　允许铭记和信仰，我说。

那唯一能做的是相信一切：

　　这样的方式更有趣也更安全！

我不知道生长的树的真相

在郊区的街道上，耐心的树木守卫着

两户人家挤在一起。当我经过台灯下的茶室时，

在隆冬的傍晚，雪光造就

热闹的晚餐时刻一个迷失的忧郁人影：

一个金发小女孩站在窗前看雪：

她的一瞥隐藏很久以前就已厌倦的仇恨的温床，

然后我们的目光相遇：然后我突然倒下，

我的眼光触及最近那棵树的树皮，

我的双手伸出去触摸、去感觉那粗糙和破损的

树皮，一次又一次，在实例和现实的

本质的象征中。那风景窗户显示

多少次美丽掩盖了心中那病态的垂死的蟾蜍：

多少次浪漫如一支流逝的舞蹈：但那棵树是

真的：

这是我不知道的，虽然我一直以为我知道

树怎样生长是真的。

他们所有人都离开了，虽然他们曾经靠近过

他们全都被固定住，虽然每个人都已离开，

夏娃和辛巴达，在七年之内死了，

贝蒂和穆勒太太，一出戏的女主角，

没有被扮演：灵魂在拖延

轻轻触摸它或像摇铃一样摇它，

他们一离开，我仿佛在屋顶上站着

看见他们当时的样子，烦恼并不适，

因为这些都是现在的事，而现在我却与他们疏远

不焦虑，不浮躁，不紧张，只是自在，

知道过去不可改变，并且它现在一定

像天空中的太阳，而那太阳在浩瀚的翻腾的永远

大醉的大海中！

我不懂得欢乐的好处

当我还是一个小男孩的时候，
　　伴随着一声怒吼，风和雨，
我不知道欢乐的真谛：
　　我以为生命是在痛苦中度过的。

然后，当我想起思想和艺术的时候，
　　希望的花儿开始枯萎：
我心里充满厌恶，
　　愤世嫉俗奴役了我的罪恶感。

当年轻的希望印证着真与假时，
　　随着辛苦挣来的财富消失和黯淡，
我认为思想撒了谎，像一首
　　合唱赞颂爱情犹如灿烂的舞会。

当我循着睡意消失的地方

我在迷乱的梦中醒来：
我自己或其他东西伤了我的心，
　　我听到冰冷的复仇女神的尖叫。

然而，当我从这个住所逃离，
　　我开着最快的车去往极乐世界：
和醉醺醺的傻瓜一起，我猛击命运
　　被意识的堕落迷住了

很久以前，天地初开，
　　伴随着一声喝令，雾和霾，
法老们再一次掌权，
　　风雨连绵不断。

幻想和疯狂黯淡模糊了岁月：
　　充其量，不过是对希望的拙劣模仿，
然而，通过所有这些与日俱增的恐惧，
　　我是多么庆幸自己的存在！

　　　　如今我懂得了欢乐的好处：
　　　　我只懂得欢乐的咒语。

真奇怪,真相最终浮现!

我感到像穿破的鞋一样陈旧:

我懂得我失去或错过了什么,

或者确信一些日子将失去

我懂得了那些我吻过的笨蛋,

他们自欺欺人将被指控——

然而这些知识,像犹太人一样,

可以令我庆幸自己的存在!

虽然我必须自我指责

不是在我赢的时候,而是在我输的时候:

虽然这些知识来了又走,

虽然风和雨连绵不断:

我是多么庆幸自己的存在!

　　　　伴随着一声喝令,愚蠢过去了,

　　　　　然后最终是一声嘿嘿哈哈和一声好哇的

　　　　　欢呼声。

我被一声呼唤叫醒

我被一声呼唤叫醒

一个从某处下方，从一个云端之上传来的呼唤，

呼唤出自快乐与幸福，

出自黑暗，像一道崭新的光，

一个纤细的上升的声音，

似乎永远上升，从不坠落的声音

告诉我们所有人去庆贺，

去开心，在黑暗和光明之中，

命令所有意识永远去庆祝！

骗人的当下，重生之年

当我抬头看，那棵白杨树在闪光的空气中耸立
像一条细长的窄路，
那里还有鲜花的欣喜，
苹果树上的浪花优雅地泛起泡沫。

冬天，所有树木都成为
静默的士兵，树林的一个守卫，
他们隐秘的感觉
被潦草书写成
许多黑色藤蔓，
带刺铁丝网锋利地对着冰白色的天空。
然后，谁能相信
这枝繁叶茂，这绿油油，这闪闪发光的夏天？
谁能相信，当冬天再次开始
秋天再次燃尽之后，而日子是灰蒙蒙的，
一切返回到冬天和冬天的灰烬，

潮湿，苍白，冰冷，呆板，沉闷和死气沉沉，易
碎或结冰？

谁会用思想和心灵去相信或感受

春天诞生的现实，

那夏天绿色的温暖丰盛中，在无穷无尽的活力中

在土地的不朽中？

五月的真相和谎言

外面的蝉嘶鸣到快要炸裂，刺耳的尖叫，比蟋蟀
的声音还要强十倍，被炙烤的草呈现出古老的黄金般
可爱的颜色。

——凡·高，写给弟弟的信。

自始至终灿烂的蓝色和金色的下午
所有空间都开放了：巨大而庄严地映衬着蓝色的
高地
航行，夏日夸张的乳白色的云堆积起来：巨大的
花朵，
蓝色和绿色地面上的树木的黑色雕像在流动。
所有的固体像盛开的花朵，长出新叶，张开翅
膀，迎着太阳势不可挡的光芒！
每一个立体景象都是一面巨大的绿色大鼓，在日
益鲜明的灰暗的暮色中跳动

因此，当阳光照在缓缓流动的河水上时，激起了小小涟漪：

那河流是丰饶，光辉，闪烁，灿烂，一道荡漾闪耀的光的舞蹈；

鸟儿翱翔，俯冲，歇息，歇息并婉转啼叫，上下起伏

像一支黑笛子的芭蕾，一个飘忽不定的散落的变形的寂静村庄，变成了各式各样的飞翔：

鸟儿仿佛是树干，树枝，嫩枝兴高采烈地转化，那是能量的庆典和圆满！

——这很困难，然后，去相信——多么困难多么痛苦，去相信冬天的现实，

看着这么精力充沛的柔韧筋斗和超级旺盛活力的不朽奇迹，所有的自我取悦，

显现，挥舞，飞翔，闪烁，摇曳着犹如在无法遏制的渴望中，

带着平静的信念和不可分割的坚决，去寻找爱的奇迹，温柔或鞭挞，或朝着柔情大胆鞭挞。

必须想到松树和杉树，

冬青，常春藤，伏牛花灌木和冰柱，冻土，

木讷的树，白色或潮湿，滴着水，

还有发黑或变僵的榆树，橡树和枫树枝干，

记住，哪怕是一点点，五月和初夏

这存在并不是永恒的：

唯一可能忘却的是，那代表着繁花锦簇的五月的

胜利，代表夏天的统治和主权，那些眼前的绿色、金

色和白色旗帜，

通过思索火的本质，思考藤蔓、枝叶、花朵火焰

般的蔓延，一切是如何产生并渴望的，

回想起所有事物在诞生和成长中都必须受苦，

死去，

重生，一次又一次，再次被彻底改造。

花蕾，花朵，果实，树和藤蔓的欲望将被自然

吞噬，涅槃，在血和酒的感官享受中得到满足，

或静止于地面下的根系附近的泥土中，等待伟大的太

阳又一次主宰，太阳咆哮和燃烧。

爱是如此奇怪，在每一种意识状态中

爱是如此奇怪在每一种意识中，

它如此奇怪，只有这样的温婉

才能激起喜悦的狂流和它所有的柔情，

尽管它们很小，嘴唇和双手

可以移动，遍布身体的荒原

超越意识的凝视，然而它屹立着

被一种力量拥有和祝福，那力量就像喷泉般涌出

的花朵！

装裱纸般的夏天，明亮又不祥

一个黄色领头，金色捶打，葵花点灯的

夏天下午：在太阳高升之后

对于那片令人惊叹的，大理石般闪耀的蓝色高

地，整个早晨

像狮子的起义，从一家黑色又雄伟的动物园中夺

门而出，

犹如所有的光芒掠过，游荡和俯冲

向着浓重的黑夜，那里有凹槽的树根紧紧抓在

一起

仿佛所有的明艳倾倒，倾泻而出，

爆裂，坠落，瓦解，

犹如整个海洋升起又升起，以一种不可抗拒，无

法控制的动作摇晃着：

贝壳里心的咆哮和海的咆哮超越领地的退让

和时间连续不断地行进。

在十二月的死亡期间

下午早早变黑；

灯光突然暗淡；

尽管黄昏是黑色的，别处，在冷冷空中的第一颗星突然鸣笛，

我想我听到了男孩们飞一般滑行时，溜冰鞋生硬的金属刮擦声，

嬉戏在 1926 年的沥青路上，

我想我听到了黄昏和寂静

被意识指挥的冷静声音突袭：

等待——等待——等待犹如你曾一直在等

犹如它曾一直黑暗

好像世界从一开始就是这样

一艘迷失的醉酒的方舟在唯一的光亮里

那光亮像是动物惊恐又苍白的眼睛。

然后，打开那盏灯，我拿起一本书

好让我看到别人眼中的意识的深渊——

希望，希望的痛苦，希望的耐心和它的煎熬，
它的惊讶，它的无穷。

一个冬天的梦，空荡荡，毛茸茸，洁白如
冰，易碎

冬天铅灰色的天空，被现在隐藏和超越它的
东西，
　　变白，变亮了一点点，变成一种明亮的
　　灰色，犹如烟的白色窗帘遮住了火
　　在整个静谧美好的夏天，都是开放并免费提供
的火，
　　蓝色和金黄色——当壮观的金色和黄色光芒闪
耀着
　　　　想象着或暗示着
　　无限的希望，无尽的爱——犹如许诺？犹如
深渊？
　　　　犹如那深切的绝对迷失
　　　　每颗心最终在那失去的绝对中迷失？
　　唤醒眼睛，恢复知觉的天使或星星
　　低语着崭新的暗示，忘记真相，隐瞒又含混，

在顶级包厢和蓝色的阳台里："过去的你

不是现在的你，现在的你不是过去的你，并且你是

开放的，不断成熟，远比你可能成为的或

在未来令人眼花缭乱的现实里的要少：

然后可能你将是一个全新的令人惊叹，意想不到的现实：

然后，想必，你将会大不相同而

不再是那半信半疑，梦幻恍惚及抒情般地，关于你目瞪口呆的，贪婪不足，闪烁不定，忽隐忽现的绝望和被占据的记忆！"

在绿色的早晨，现在，再一次

在绿色的早晨，在
爱情成为宿命之前，
太阳是国王，
上帝是非常令人满意的。

那愉快的，那动听的，
那欢乐的，那奇妙的，
那节日，节日中的盛宴，节庆
突然终结
犹如天塌下来
但那里只有感觉，
在所有的黑暗中坠落，
在芬芳和清新中，在出生和开始中。

辑七　重生合唱团

一劳永逸

曾经，当我是一个男孩的时候

阿波罗召唤我

跟随光和意识的无尽夏季，

然后这样去变成和成为诗人经常成为的那种人，

一个存在的牧羊人，一个存在的骑师，掌控太阳
神的马匹，引领他的羊群，训练他的鹰，

引导着星宿去到位置，去到每个地方的恩典。

但那潘神，吹着笛子跳着舞，以一种不知名的
语调说着魔术师的语言，

从黑暗中歌唱，或从地底下起身，从那里升起

爱和爱的醉酒，爱和出生，爱和死亡，死亡和
重生

那些开始于重生狂欢节，于狄俄尼索斯庆典的悲
剧中，

于为了他酒醉并倒下的王子，歌手和罪人

恸哭中，倒下因为他们是，最终，

因骄傲而沉醉，因喜悦而盲目。

而我跟随狄俄尼索斯，忘记阿波罗。我跟随他太
长久直到我知错了并吟诵：

"一仆不能事二主。一仆必须选择分出胜负。"

但我错了，并且当我知道我为什么错的时候，我
知道了，

在某种程度上，我一直都是知道的：

这是一个新世界，我属于这里，我错了，因为

这里每个悲剧都有一个快乐的结局，任何错误都
可能是

美国的一个惊人发现，藏在黑暗深处的富丽堂皇

和现实的闪光之巅。

丘比特的圣歌

1

丘比特是

　　　　长笛之王。

丘比特的吻

　　　　唤醒冬天的树根。

丘比特抚摸着

　　　　一条彩色的曲线。

丘比特伸手够到

　　　　苹果，梨子，

　　　　　　眼睛和勇气。

维纳斯的导师

　　　　在太阳的黑暗中，

他了解且他的教授

聪明是愚蠢

因为愚蠢发现了

睡眠和爱情是多么温暖，合一。

2

丘比特是

树叶的学生，

厄洛斯 ① 的学者，

意识的智者，

睡眠深紫色海洋的智者；

和鸟儿一样高度的智者

还有词语的内心，

在亚当内部的种子，

在夏娃的呼吸中

出生，死亡，重生

——所有那些都是多籽，肥沃，升起，浮躁，成长，寻找，流动的，开花，不可知，所有那些我们希望且几乎不敢相信的。

———————————

① 厄洛斯，爱神。

普赛克①恳求丘比特

哦，心，哦，亲爱的心，黄昏再次变成漆黑的夜

如一片叶子迅疾飘落：而我离开了

抚弄着那些我所爱的无形又没有面孔的存在，很

失落：

——我的一切都是种子，我的一切都是清晨，等

待着被看见，

我的一切都是花朵，禁止光明并隐藏

在睡眠的目的和睡眠的忍耐中，充电成长：

所以我必须再次询问，知道它会怎样让你生气

并且知道，如果你知道你会更生气

这个最不能询问的问题是多么困扰我：

为何爱是黑暗的？

为何你的脸庞必须一直对我隐藏？

我的姐妹们奚落我折磨我。她们说

———————————

① 普赛克，希腊神话中的灵魂女神。

我发明了一种信仰，一种迷信行为，一个神

去隐藏恶魔的爱情或由于爱而缺席

被孕育出的恶魔般的习俗。爱的无穷的欲望。

你必须永远躲着我吗？

我的姐妹们有时候说，我将永远不会见到

陌生人或神的陌生面孔

我是在现实中或是在幻想的黑暗森林中信奉

的人！

你的脸庞拥有被你的声音迷住的

闪亮和光芒吗？你的声音拥有

铃声般的清澈，小号般的敞亮，拨弦键琴的

雅致。

这是第一个清晨的和蔼所赐予的，精妙绝伦！

有时候它有一种日落轰鸣的雄辩和紊乱

……然而我的姐妹们嘲笑我。认为我

是一个非常奇怪的人，是一个被精神错乱

或被一个无所凭借的梦迷住的人，当一切被祝福

的时候

——通过欢乐去克服，在我自己旁边，在我自己

外面，在狂喜的后果中——

我到来向她们说，上帝已俘获、绑架了我！

最亲爱的，爱都是黑暗的吗？爱都必须

在黑夜里对那个最亲近的人隐藏吗？

或是黑色深渊神性的秘密吗？

然后你怎么向我走来？你为什么回来？

你为什么渴望我的爱情？这是爱情吗，事实上，

如果我缺乏

开始所有亲密关系的视野和想象？

那喀索斯 ①

思想是一座古老又著名的都城

思想是一座城市，像伦敦，

烟雾弥漫人头攒动：它是一座首都

像罗马，破败又永恒，

成名于那些历史遗迹，那些现在

无人想起的历史遗迹。因为思想，像罗马，包括

地下墓穴，高架水渠，圆形剧场，宫殿，

教堂，还有骑士塑像，倒下，毁坏或被玷污。

思想占据一切，被每一个闹鬼的，

被破坏的时代庆典的废墟，同时也被它占据。

---

① 那喀索斯，源自希腊神话，是河神刻菲索斯与水泽神女利里俄珀的儿子。有一天，他在水中看到了自己的倒影，便爱上了自己，每天茶饭不思，憔悴而死，变成了一朵花，后人称之为水仙花。是对自恋情结的形象化描述。

"用你愿意的那样称呼我们：我们被爱如此
塑造。"

我们是这样的混蛋，当梦想上演的时候，

我们的小生命被上帝，被潘神所主宰，

笛声吹奏着一切，寻找着去握住或握紧

所有的葡萄；然后被弓和箭的神，

丘比特，射穿心脏，骤然而永恒。

我们是黄昏，黄昏归来，燃烧之后，

金色到来，那坠落的尘埃，那古铜色，

散开并腐烂之后，在那白色的虚无的塑像之后，

那些是冬天，睡眠及无意义的塑像：什么时候

那宇宙的光照将会

亮起并迸发光明？

　　　　　　　　由于这不是在贝壳中

喃喃低语的大海，

这不仅仅是心脏，在整点的天琴座，

这是失控的世界末日

马儿害怕恐惧，在恐惧中疯狂奔跑

朝着大角星——然后突然返回……

关于他人思想的恐惧和害怕

——他人是绝望的专制君主——

这河流的清新来自未知的源头——

……他们咯咯地窃笑，最后放声大笑，

他们嘲笑并惊讶于这座塑像，

一座夸张的塑像，紧张而僵硬，但是

一座自恋的塑像！既然自恋

是给他们的，真是我的真爱，然后，

我是如此紧张的一座夸张塑像：他们认为

自恋是单相思，或者背叛？

他们想着我已陷入对自己脸庞的爱恋中，

然后这信念成为夜晚般的障碍物

去理解我所有坚不可摧的苦难，

我刻意的自尊，那希望的痛苦，

那可能性的折磨：

然后我如何能指望他们看见我

就像我看见自己一样，在我的凝望里，或看见

那些生物如此像蟾蜍，青蛙，疣子，一颗痣。

知道他们确信我只是

一座遗迹，一个独自爱上

他自己的怪物，我怎么可能

告诉他们什么在我的内心，我的内心深处，战栗

又热切

在我心灵的迷宫和洞穴里，

就像每一个部分或全部隐藏于它自身之外的

心灵？

那些形容我内心和我思想里的东西的词语

并不存在。但是我必须寻求并搜索，去找到

在白天的生动世界里的那些葡萄藤和果园之中，

接近相符的图像，虚构平行世界

为了那些在我内心和思想里的黑暗中的东西：

类似，只不过是隐喻：由于他们

全是代替品，既虚伪又模糊：

他们，至多是，欺骗性的相似，

他们非常相像几可乱真，就像那些

相似的儿子们，亲属认为一点都不像，搞错了

因为他们见过那位父亲本人：但每一个都是

——虽然由同样的祖先所生——他自己，

独特的自己，每个人都是独特的，像其他每

个人，

还有每种事物，年纪大的或年轻的，无论如何

一个以前就是这样充满激情、无与伦比的人。

你听见了吗？你看见了吗？现在你理解我了吗？

还有为何那些形容我内心的东西的词语不存在？

这河流是一切美丽的象征：一切

…………

这河流本身就是美的丰饶腹地

这河流是我散步的理想之地，

这河流是它自己，然而它是——流淌着和清

新着——

一个新的自我，另一个自我，或自我更新

在永恒的每一滴答声中，或被每一道光芒

增强着或耀眼着，逐渐陷入阴影和黑暗中

——如果我仅仅告诉他们我的内心，告诉它是

如何

在中午被冷落，在黄昏被安抚，在星光灿烂的

午夜

再次在希望中变得坚强，曾经在热切期待中

像快乐般跳跃，他们会听见吗？他们怎能如此？

怎能如此？当他们知道的东西，像青草般

简单和确定的时候，已通过抚触的真实了解了，

　　谎言繁殖力的另一种形式和源泉——

望着他们的脸像他们望着那样

他们会把我的面孔看作娼妓吗？那些

如希望女祭司般圣洁和庄严的娼妓，

　　　　　　——来世神圣的处女——

严谨地承诺亲爱的神性，因为

他们可能会变成丑小鸭

和永远被人钟爱的白天鹅，高贵又美丽。

　　　　　　　　他们可能看见我的面孔是如何

升起敬奉及守夜祈祷的篝火，亮起崇拜和希望的

火焰

　　——他们肯定会再次嘲笑，刷新他们的鄙视，

咯咯窃笑，刻薄地。肯定会说

这是痴迷者的幼稚狂热，

精神错乱者的生活逻辑：

我是他们粗鄙欢乐的雕像，

死和一个死亡，被遗弃及迷失的法老和怪物。

…………

我的面孔是我的猿猴：我的猿猴变成

他们公园里星期天的表演者，

滑稽戏或喜剧中的活宝或小丑
当他们高兴地知道他们不像我的时候。

…………
我等待着，像在孤独中痴迷：
太阳的白色恐怖撕碎了我，对着我咆哮，
月光，杏仁白，在夜晚，
不管是醒了还是睡了，阻止我
歌唱，温柔地萦绕着，不像太阳
却犹如太阳。截住我或带走
绝望或宁静，让我再次
想到以前从未有过的——

亚伯拉罕

致 J. M. 卡普兰 ①

我还只是一个小男孩，在一家石匠店

在一个夜晚的早些时候，我举起的手

停了下来，喃喃低语：

"离开你的父亲和你的国家

还有所有你已经习惯的东西。

现在去吧，到一个未知的陌生的国家

我将使你的孩子们成为一个大国，

你的世代，将萦绕在所有国度的每一代人中，

他们像午夜的星星，像大海的沙砾。"

然后我仰望无尽的天空，

星星闪烁而静默，然后就在那时，在那个夜晚，

我成为一个男人：在那个我成年生日的夜晚。

---

① J. M. 卡普兰，可能是 1955—1981 年任法国犹太教的大拉比，生于
1895，逝于 1994 年。

然后我去了埃及，最伟大的国度。

在那儿我偶遇法老，他建造了陵墓，

雄伟的公共建筑群，许多剧院和海滨别墅：

而我的妻子如此美貌，害怕他的权力和欲望

我称她为我的妹妹，对他对我都不合适的女孩。

很快又逃亡了，再次成为流浪者。

独自与我妹妹生活，除了孩子

在所有的方面都变得非常富有：畜群，财富，通过繁衍的奇迹

畜群使我的财富持续增加。

时不时，在下午的遐思中

在夕阳的余晖或在傍晚的清凉中

我回想起那个承诺持久的虚荣

它将我不情愿地从我父亲的房子叫出来

最后进入埃及和没有孩子的沙漠的陌生之地。

然后撒拉给我她的女仆，一个年轻女孩

我通过再娶她，可能最终拥有孩子，

后来，当很多别的事情发生，

我极其懊悔地放弃了夏甲，

因为那孩子引起许多冲突和嫉妒。

最终所有的这些都已过去或当

那承诺似乎是梦想的一部分的时候，

当我们疲惫不堪，对一切都很耐心的时候

那陌生人到来，圆滑优雅，

一个刷新那承诺的信使，使得撒拉

歇斯底里大笑起来！

但这男孩出生了，长大了，而我看见了

我已知道的，我知道我已看见的，因为他

拥有他母亲的美貌和他父亲的谦逊，

没有被她尖酸的讽刺和我无尽的焦虑玷污和

毁坏。

然后那天使返回，要求我献祭

我儿子像一只羔羊，来显示

我内心的谦卑，并没有被年岁和富裕所改变。

我什么也没说，震惊又被动。然后只对自己说：

"这是意料之中的。这些承诺

毫不含糊或模棱两可，这点

正如在一切最渴望的事情上一样：

我已经拥有巨大的财富和美丽。

我不能期待每个愿望都实现

如果我拒绝那命令，谁知道会发生什么？"

但他的生命被宽恕，交还给我：

他的儿女和他们的儿女好像无穷无尽的国度：

散布在每一个海岸上。我不感激

也不震惊。它从来都不是这样的：

被财富放逐，漂泊，茫然，

在陌生人中疏离，为无垠的天空沮丧，

一个对我来说是异类的人，直到最后成为最后的异类

死亡天使来了，使那疏离和坚不可摧

　　的人，成为他著名社群的一部分。

撒拉 [①]

天使对我说:"你在笑什么?"

"笑!不是我!谁在笑!我没笑。这是

一声咳嗽,我在咳嗽。只有鬣狗般阴险的人

在笑。"

这是在亚伯拉罕娶我九分钟后

我染上的感冒:当我看见

我是如此苗条和美丽,越来越

苗条和美丽。

　　　　　我也清了清嗓子;在我内心某些东西

不断告诉我某些

我不愿意听的事情:一个笑话——一个大笑话:

但总是只开我的玩笑。

他说:你将拥有许多孩子,比天上的星星

和沙滩上的沙还多,只要你耐心等待。

―――――――――

[①] 撒拉,亚伯拉罕的妻子。

等待——耐心地：九十年？你瞧
在开我玩笑！

雅各

一切如常，在最开始之前，在
我们裸露在寒冷空气之前，在
心骄气傲之前。粮食充足。大享安逸 ①。
从没人告诉我，我现在知道的：
爱是不公平的，公平则无爱。

所以，正如它成为的，它在黑色子宫的无知中
蜷缩、束缚，在母亲心脏的下方。
在子宫那里我们扭打，扭动，互相
伤害，远在成为别人和分离之前，
在我们呼吸之前：谁那时犯了贪婪
模仿，僭越？所以，在即将来临的未来，
在出生的枷锁和折磨中，以扫首先出来，

---

① 大享安逸，出自《圣经·旧约·以西结书》16：49。

他全身发红①。我跟着他，接踵而至。

然后我们被命名：以扫②，浑身有毛的那一个，

雅各③，他抓住了浑身有毛那人的

脚后跟，那些名字是真实的

当我们被扔进具有欺骗性的现实的时候。

因为我不懂什么是紧紧抓住，我也不懂

我紧紧抓住的是谁的脚后跟，是我兄弟的还是我

自己的！

所以，我们当时进入的这个世界，就是一个

第二就必须是第二，第一也许是第一的世界。

这个优先的世界，顺序，其他的，之下和之上，

那黑暗，甜蜜，爱的困惑和统一！

随着我们的成长，我们的名字越来越接近真相，

像真相一般成长。否则怎么可能呢？因为真相忍

受着

隐藏在未来之中，隐藏在奇迹的埋伏之中，

未知而庞大骇人，就在那惊讶的心脏之中。

---

① 全身发红，出自《圣经·旧约·创世纪》25：25。
② 以扫，语义是浑身有毛的意思。
③ 雅各，《圣经》中以色列的先人，语义是抓住的意思。

那礼物是思想。那礼物是显赫的。那礼物
像每一件礼物，是罪。那罪开始
在黑暗之中，和所有黑暗神秘的开始之中。
那看不见的永不休止之火的神秘因此涌动着
正是这些野兽和树林，那儿——

   一同多幸福！

   多无知！——

我的兄弟以扫捕猎，奔跑着像夏日的马匹，
然后睡着，当他回来的时候，冬日庄园的入眠，
自然、淳朴又神圣，像能量自身，睡着或醒着。
直到天使击打的那刻！

因此它是这样——
哦，不可言喻的天使，
为什么天赋是有罪的并伤害那个有天赋之人？
哦，不可言喻的天使，权力的力量，
整夜锁住我的缰绳，我的手臂，我的心，
以致我的身体重负得像背着所有石头的重量
你是否还记得，在黑暗中，我哭喊着，
在致我在绝望中死去
那希望最后的死亡和心的小小死亡
扭打着扭动着在两河之间——在一侧河岸，

以扫，等着我，像一条睡着的河流——再次在我

下方。

"你还没看见吗？"我大声哭喊，朝着那不可言

喻的，

　"我哥哥以扫：他在马匹上英俊的追猎之心？"

这显得多奇怪，我竟然赢了，由于

胜利是我的礼物？非正义，像每一个礼物，

一个既不应得，也不是靠辛劳得来的东西……

其他的可以怎样被赠予和给予？

宠爱——偏袒——最喜爱的——

金发——强大的力量——以扫非常高大，

被大海波浪的轻盈优雅所吸引，冲破。

现在约瑟 ① 在，和我曾经一样：埃及的深渊，

在那惯有的深度和孤立的高度

那最高处的孤寂，那被流放的智慧中，

那些既构成了我也是令我分离的东西：

疏远和不被爱，天赋和憎恶，

否认仆人和狗的爱。

约瑟，一个在埃及的陌生人，可能只了解

_____

① 约瑟，雅各的儿子。

我已经了解的：我的天赋，我的胜利，我的罪。

因为埃及是一个礼物般的国家。

那礼物被爱，而不是一个天赋的人。

那件许多颜色的外衣被每个人

十分崇拜，但那个穿着那件衣服的人

得不到温暖。为什么天赋必须成为痛苦的原因，

哦，你这不可言喻的？那件显赫的显眼外衣

必须选出那一个最被宠爱的

作为替罪羊或背叛者，流放或逃亡，

母亲和上帝之爱，并被其他人

在恐惧或蔑视中避开吗？

我了解的这是什么？

但约瑟变成我的最爱：了解那共鸣

关于那份意外礼物长期体验的共鸣：

了解爱的天性：一件外衣

可以有多少种颜色？我们应该许什么愿，如果

我们可以选择？我应该渴望什么

——不去对我的儿子有爱，那个最好的儿子？

拒绝那爱的选择？我应该隐藏

我对他的爱吗？或者他应该隐藏被我爱

的自己，在所有人之上，穿着那件

惯常的，他的兄弟们都穿外衣？

一种颜色可以给多少件外衣带去鲜艳光彩？

那颗心如何能知道爱，且不去更多地爱一个人？

爱是不公平的：公平则无爱。

林肯

躁狂抑郁的林肯，国家英雄！
这个伟大国家是如何做到公正和真实的，可以构
想出
流亡者会找到的自由
——荒谬历史的奇怪道路及戏剧——
这个哈姆雷特类型的人去做总统——

这失败，这不情愿的新郎，
这难以捉摸的律师充满黑色的绝望——

他一脸络腮胡子，成为总统，
穿上一件披风犹如他猜到了他的角色，
虽然长着络腮胡子他摆脱漫画家的黑色，
许多嘲笑和鄙视，
还有一些人四年来都说要杀死他——

他是一个政客——发自内心的——

他从手到口在道德仁义中活着！

他完全明白格兰特 ① 的醉态！

这是为了他，在选举日之前，

在冷港之战 ② 格兰特置生死于度外

在无望中正面攻击李 ③ 的防御工事！

哦，他是这么一个哈姆勒男人，还有这个，

失败的一生使他改邪归正，

在他婚礼那天逃跑之后，

给他的新娘写了一封懦夫的信——

他是怎么失败的，他被

浮夸的道格拉斯和心不在焉的戴维斯骗了，

所有虚荣的男人围绕着他，

在他们的虚荣中微笑并觊觎他的位置——

后来，他们令他变成一个草原基督

去满足国民心中粗鄙的需要——

---

① 格兰特，即尤利西斯·辛普森·格兰特，南北战争时期北方军队将领。

② 冷港之战，1864 年 6 月 3 日，南军北弗吉尼亚兵团最后一次的胜利。

③ 李，即罗伯特·爱德华·李，南北战争时期南方军队的将领。

他的妻子疯了，玛丽·托德太频密地

给自己买裙子。他的孩子死了。

还有他不会因为睡着了

用缺陷判处人们死刑。他说了

比他知道的和所有他感受到的还多的

在肆无忌惮的欢乐和黑色绝望之间

在葛底斯堡战役 ① 绝对巅峰之前和之后——

他学习法律，但他了解在他的心中

对无政府状态，恐怖和错误的绝望，

——工具器械已经从他的办公室

和卧室中被拿走，在这种恐惧的日子里，

因为一些人预见他可能会自杀：

当他年轻的时候，当他中年的时候，

他是怎样的公正和诚实，我们的国家英雄！

有时候他不能回家去面对他的妻子，

有时候他希望赶快结束自己的生命！

---

① 葛底斯堡战役，1863 年 7 月，美国内战中一场著名战役，阻止了李将
军继续向北入侵。

但不要被欺骗。他不会赢，

而，这很明显，南方绝不会赢

（不管这些北方将领们是否很有天赋！）

——资本主义不会被嘲笑，哦，不！

这个愚蠢的造物者决定了这场战争——

事实上，北方和南方都是失败者：

——资本主义赢了这场内战——

——资本主义赢了这场内战，

然而，在这场战争残酷的角斗场，

一些角色满足了他们天性的复杂，

格兰特这酒鬼，李这贵族战士，

约翰·布朗，那个《圣经》在他心中飞扬并叫喊

的人，

布斯 ① 那个不成功的莎士比亚崇拜者，

——每个人以某种自由行走并了解他自己，

然后，最重要的是，当所有的神

与他们野蛮的愚蠢混合在一起时

制造了那岩石，根，还有堕落的战争——

————————

① 布斯，刺杀林肯的凶手。

"这就是每个唯一的生命演变的方式，
甩在历史永无止境的疯狂的概括之上！"

星光般的直觉穿透了十二个人

星光的直觉穿透了十二个人，
脆弱易碎的夜空闪烁着像一支曲子
在柔音木琴上叮咚响，轻打出节拍。
空虚又徒劳，一个闪光的沙丘，月亮
升起，显得太大，在支配一切的情绪中，
似乎像深坑里的一种无用的美丽；
然后一个人在小心翼翼吐了口唾沫说：
"不管我们做什么，他都盯着！"

"我不能在他那像春月般灿烂的微笑之外
看见一个孩子或找到一个女孩。"
"——没什么东西不再一样，"第二个人说，
"虽然一切都可能被宽恕，作为证人我忍受着
从未完全痊愈的伤口，随时待命；
没有肯定适合的仪式，
也没有秘密的爱，逃离或睡眠因为

不管我做什么，他都盯着——"

"现在，"第三个人说，"没有东西将会是一样：
我就像一个永远不会闭上眼睛的人，
海洋和天空不再是不可思议的，
而我不再懂得惊叹！"
"现在，"第四个人说，"没有东西将满足
——我听到他充满智慧的声音：
没有话语不被说，无契约可撤回
——不管说了什么，他都会度量！"

"愿景，想象力，梦想的希望，
相信，拒绝，我们期望看到哪个场景？
至少这不重要：为了什么
被改变，若这不是真的？那我们
看见美德，正如它这样——这是
我们将不会忘却的敬畏和深渊，
他的故事现在抓住所有思索的天空：
不管我思考什么，我思索它！"

"而我将永远不是我曾经是的东西，"
一个人长久地说着如一把刀般狭窄，

"而我们将永远不是我们曾经是的东西；

我们曾经死去；这是第二次的生命。"

"我的思想涌进道德的混乱，"一个

正直如约伯的人呼喊，"现在我心中

无限的怀疑遏制了我将会做的

——不管我选择了什么，他都注视着！"

"我在夏天那儿像一个本地人

——然后由富人支付了数周的兴奋刺激；

在那之后，整个冬天都很无聊，"

第六个人宣称："他的巅峰留给我们一个坑！"

"他到来，使这生活更难过，"

第七个人说，"没有人曾合适

他量度的高度，一切都是不胜任的：

不管我做了什么，它的益处是什么？"

"它给予我们宽恕：多好的礼物！"

第八人插话，"但是现在我们知道了有多少

必须被宽恕。但如果宽恕，宽恕什么？

那将要成为的罪过；还有那最少的触摸

苏醒了记忆：什么被值得宽恕？"

第九个人这样说着："如今在锡安的复活节宴席上，

谁能安享安逸呢?
不管这个地方是什么,他都触摸!"

"而我总是结结巴巴,自从他开始说话,"
一个一直最雄辩的人,结结巴巴地说着。
"我盯着太阳看了太久;像太多的光芒,
所以太多的善意是一个福报。"
队伍中的第十一个人笑了。"我必须
努力尝试他所尝试的:我看见那个
走在湖面上,唤醒那绝望死去的无极:
不管这个壮举是什么,他是第一个完成的!"

所以第十二个人说;然后那十二个人齐声合唱:
"难以言喻的非自然善意被
唤醒并照耀,从未将我们忽视;
他在所有的意识中永远发光;
宽恕,爱,还有希望支配这个井坑,
带走了我们无尽的罪过,像影子的长条:
不管我们做了什么,他都盯着!
有什么会怜悯然后否认?有什么债务会延迟?
我们知道他盯着我们像所有的星星般,
我们务必永远不会成为像我们曾经的那样,
此生将永远不会成为它曾经成为的那样!"